綺麗な彼は意地悪で

「触れてもいいなら目を閉じて」

「……」

それもまた恥ずかしいけれど、言葉でいいと言うよりはましだった。

志月は鼓動を高めながら、震える瞼を閉じた。

綺麗な彼は意地悪で

日生水貴

14982

角川ルビー文庫

Contents

口絵・本文イラスト／あさとえいり

綺麗な彼は意地悪で

恐怖《きようふ》と絶望の淵《ふち》に立たされたあの日。

幼かった自分にとって彼は、まさに救世の主であり、縋《すが》るよすがであり、全身全霊《ぜんれい》で乞《こ》い慕《した》う存在だった――。

一　束縛される瞳

ドサッ、バサバサッ！

「ああ……！」

志月《しづき》の目の前で、同僚《どうりょう》が手にしていた段ボールを派手に落とした。中に入っていた丸められたポスターが、廊下《ろうか》にいくつも転がる。

同僚はタイトミニスカートの裾《すそ》を気にもせず、慌《あわ》てて廊下にしゃがみこんだ。

「あ、ありがと、狩野《かのう》くん」

足元までやってきたポスターを拾うと、同僚はパッと顔を綻《ほころ》ばせる。

「一箱持ちましょうか」

控《ひか》えめな声音《こわね》に、相手は助かるわとにっこり笑った。

「すごい数ですね。なんのポスターですか？」

「ただいま絶賛売り出し中、ウチの秘蔵っ子がいよいよ月九《げっく》に準主役で出演すんのは知ってるでしょう。これはそのドラマのポスター。社内中に貼《は》らなきゃ」

なるほど、と志月はうなずいた。

「彼女は確か、十三歳、でしたよね」

「そう。ねえ、聞いてよ。この間、ドラマのプロデューサーに挨拶《あいさつ》に行ったら、あたしの方が年下に見えるなんて言われちゃったのよ。いくらあの子が落ち着いてるからって、そりゃないわよねえ」

干支《えと》一回りも違《ちが》うのよと肩《かた》を竦《すく》める同僚は確かに童顔だし、絶賛売り出し中の少女は、可愛《かわい》いというより美人というタイプで、実年齢《じつねんれい》よりずいぶんと年上に見える。

身長も逆転しているふたりが並ぶ姿を思い浮《う》かべ、志月は微笑《びしょう》を零《こぼ》した。

珍《めずら》しい志月の笑顔《えがお》をちらりと盗《ぬす》み見した同僚は、眼福《がんぷく》だわとこっそり呟《つぶや》いた。

線が細いから男性としての魅力《みりょく》は些《いささ》か不足しているが、野暮ったい眼鏡《めがね》をしていても、その美貌《びぼう》は隠《かく》しきれていない。さらさらの髪《かみ》も、伏《ふ》し目がちがデフォルトの横顔も、控えめに色づいた唇《くちびる》も、ひとつひとつのパーツの、あまりの精巧《せいこう》さに、ハッと瞠目《どうもく》させられる。

ともすればプロダクションに所属している芸能人たち以上の美形だと囁《ささや》かれていた。

彼にしたい、付き合いたい、というのではなく、あくまでも目の保養として、志月は女性社員たちにとって密《ひそ》かなアイドルだった。

「そういえばあの子、『篝《かがり》』に似ているって現場でよく言われるのよ」

『篝』の名が出た途端《とたん》、志月は浮かべていた笑みを覚えず強張《こわば》らせた。

「篝に、ですか」

「うん。確かに目の辺りとか、ちょっと似てるかなあってあたしも思うし」

「狩野くんも、歳、同じくらいだよね。覚えてる？　篝」

「……」

「……僕は、興味なかったので」

志月のぎこちない否定に、同僚は目を丸くした。

「そうなんだ。引退してずいぶん経っているのに、いまだにファンがいるっていうわよ。伝説のモデル『篝』って」

「伝説だなんて、大袈裟《おおげさ》ですね」

だが同僚は、そんなことないわよと首を振《ふ》った。

「あたしはファンだったからよく覚えているわ。まだ中学生だったのに、篝が出るからってヤクザ映画まで観《み》に行ったもの」

ふふ、と笑う同僚に、志月はそうですか、と言葉少なに呟く。

「ウチの事務所に所属していたのよね。入社したら何か分かるかと思ったけど、事務所でも知っている人は少ないみたいだし。どこに行っちゃったのかしら。あんなに人気者だったのに」

もったいないわあ、と言う同僚にうなずくこともできず、だが志月にとっては幸いなことに、事務所に着いたのを機に、篝の話題はそれでおしまいになった。

自席のある経理室に向かうと、すでに出社していた別の同僚が、狩野さん、と声をかけてきた。

「社長からお電話ですよ」

「社長?」

「内線の三番です」

『志月ちゃん?　おはよう』

もしもし、と言う前に、底抜《そこぬ》けに明るい声が響《ひび》いた。

「……おはようございます、社長。できたら社内では名前ではなく名字で、ちゃんではなくさん、あるいは呼び捨てで、ぜひお願いしたいのですが」

対する志月の声は普段《ふだん》と比べかなり低い。だがそんな志月の言葉など右から左に抜《ぬ》けたのか、相手はまったく同じトーンで喋《しゃべ》り続ける。

『いーじゃない、別に誰が聞いてるワケでもなし。大体実の息子《むすこ》に対して狩野、なんて呼ぶのもどうかと思うわよ』

「……御用件は」

社長であり志月の母でもある彼女は、一拍《いっぱく》ほど黙《だま》り込んだが、すぐに華《はな》やかな声音《こわね》で言葉を続けた。

『今すぐ社長室に来てちょうだい。仕事を頼《たの》みたいの』

「仕事、ですか?」

『そう、すぐによ。よろしく』

途端、ぷつんと内線は切れた。

「……」

握《にぎ》った受話器をしばし見つめ、志月はため息をついた。


志月の母親が社長を務める芸能プロダクション『クロシェ』は、大手に比べ所属している歌手、俳優、モデル数はさほど多くない。だが各ジャンルでひっぱりだこの売れっ子が多数を占《し》め、レベルの高い人材が所属していると、一目置かれている。

地上四階、地下二階の自社ビルは、一階には会議室や得意先との打ち合わせに使用する応接室といった部屋が、大小合わせて七部屋ある。二階、三階は事務所として使われており、四階はフィットネスクラブやレコーディング室などがあった。ちなみに屋上には総ガラス張りのガーデンが、地下一階にはバーが併設《へいせつ》されており、それらは主に得意先への接待に使われていたが、社員もまた施設《しせつ》を自由に使えた。

『クロシェ』は、母の再婚《さいこん》相手であり志月の義父となった、実業家の狩野雄二郎《ゆうじろう》が設立した事務所だ。

『クロシェ』で社長秘書として働いていたのが縁《えん》で母は狩野と再婚、その後母が社長業を引き継《つ》いだ、という経緯《けいい》がある。

「『篝』か……」

その名を口の端《は》に乗せるたびに、やるせない思いが湧《わ》きあがってくる。

十年以上たっているのに、まだ自分は忘れていないのだ。あの日々のことを。そして最後のあの日のことを……。

過去に思いを馳《は》せそうになった志月は、だがすぐさま断ち切るように首を振った。

あれはもう過去のこと。自分には関係ない世界、必要のない場所だ。

志月は唇を引き結んで、足早に社長室に向かう。

ノックのあとに、どうぞ、と軽《かろ》やかな声。

さて何を言われるかと覚悟《かくご》をしつつ、志月はドアを押し開けた。

窓を背にして座る女性は、社長であり志月の母でもある、狩野夏英《なつえ》だ。まず夏英を見た志月だったが、すぐさま彼女の脇《わき》に立つ男へと、目が吸い寄せられた。

彼は、彼以外を見ることを許さないとでもいうような、強烈《きょうれつ》な存在感を放っていた。視線を向けたが最後、逸《そ》らすことができない。

「――あ」

微《かす》かな声が志月の唇から溢《あふ》れ、零《こぼ》れた。そしてそれ以降、絶句してしまう。

異性からは熱っぽい好意を、同性からは憧《あこが》れ羨《うらや》まれる視線を独《ひと》り占《じ》めするだろう、頭の天辺《てっぺん》鍛《きた》えあげられたしなやかな体躯《たいく》と精悍《せいかん》な容貌《ようぼう》。わずかに癖《くせ》のある黒髪《くろかみ》は首筋を隠すほどで、少し長めだ。スタイリッシュでありながら野性的な強さを感じさせるのは、彼の双眸《そうぼう》が強い光を放っているからだろう。額を緩《ゆる》やかに覆《おお》う前髪の下の瞳《ひとみ》に射竦《いすく》められたら、身動《みじろ》ぎすることができなくなりそうだった。──現に志月は、目が合った途端ぴくりとも動けない。

「ふふ、驚《おどろ》いてる驚いてる。内緒《ないしょ》にしていた甲斐《かい》があったわあ」

その場に響いた陽気な声に、志月はようやく我に返ると、ぎこちなく彼から視線を外した。

「……母さん……」

「あら、職場では『社長』ってしか呼ばないんじゃなかったの？」

にこりと艶《あで》やかに笑う美女に、志月は言葉を詰《つ》まらせ、己《おのれ》を立て直そうと小さく咳払《せきばら》いをした。

「社長、内緒っていったいどういうことです。というか、彼は……」

ちらり、と彼を見やるが、目が合いそうになって慌《あわ》てて視線を逸らした。

「宰川脩《さいかわしゅう》。ウチと契約《けいやく》することになったの」

「え、だってアメリカは？　ハリウッドで今秋から第六作目の撮影《さつえい》に入るんじゃなかったんですか!?」

「よく知ってるな」

少し厚めの、形のいい唇《くちびる》から出された声は低く、それでいて艶《つや》がある。ひと言ひと言がくっきりと耳に残る、芝居《しばい》をしている人間特有の発声だった。

「あ……、それは」

慌てて弁解をしかけ、けれど目が合うなり鼓動《こどう》がやけに高鳴るから、志月は何も言えなくなってしまう。

「ハリウッドで成功した日本人俳優ともなれば、別にファンじゃなくてもその動向をチェックしているものよ」

夏英のそっけない弁に、男——宰川は苦笑《くしょう》した。

「ファンなのかなって夢見させてくれてもいいのに。相変わらず厳しいですね、夏英さんは」

「社長と呼びなさい。それでね、志月。あなた今日から宰川のマネージャーをやんなさい」

「——は？」

天下のハリウッド俳優に向けて、ぽんぽん軽口を叩《たた》く我が母を呆然《ぼうぜん》と見ていた志月は、突然《とつぜん》の命令にぽかんと間抜《まぬ》け面《づら》を曝《さら》してしまった。

「聞こえなかった？　今日から宰川の——」

「何考えているんですか⁉　僕がマネージャーって、無理ですよ！」

仰天《ぎょうてん》し、真っ青になって首を振る志月に、

「なんで？」

と、これは宰川。じっと真《ま》っ直《す》ぐな視線を向けられて、今度はすぅっと血の気が上ってくる。

「あ、あの、僕は一介《いっかい》の経理で、マネージャーはやったことないですし……」

「誰にだって初めてはあるでしょ。宰川だったら少しくらい粗相《そそう》しても笑って許してくれるわよ。新人のマネージャーをするよりよっぽど楽じゃない」

「社長、そういう言い方はどうかと思うんだけど」

宰川は鷹揚《おうよう》な態度だが、志月はとても笑えない。

「あら、だってあんたが言ったのよ。マネージャーは無能でもいいから社で一番の美人をつけてくれって。文句ないでしょう？」

「ないない。ホント、すごい美人」

宰川の長い脚《あし》が歩を刻む。五歩で志月の前にやってくると、眼鏡《めがね》の縁に指をかけた。

「あ」

するりと眼鏡を外され、そのうえ近く覗《のぞ》き込まれた志月は、滑稽《こっけい》なほど背を反らし、後ろに引っくり返りかけた。

「おっ、と」

宰川の大きな掌《てのひら》が志月の後頭部に回り、軽く支えてくれる。——余計に目が回りそうになった。

「近くで見ても美人だな。名前は？」

「……し、志月。狩野志月です」

宰川はにこりと微笑《ほほえ》んだ。

「はじめまして、志月くん。今日からよろしくな」

間近で見たハリウッドスターの眩《まばゆ》いばかりの笑顔《えがお》に我を失いかけた志月だったが、『はじめまして』と挨拶《あいさつ》をされ、高揚《こうよう》していた心身が、す、と冷えた。


『はじめまして』


もちろん、そうだろう。自分のことなど覚えているわけがない。万が一覚えていてくれていたとしても、過去の自分と今とでは別人のように変わってしまっているのだから、同一人物だなんて思うはずもない。

だが宰川はふと何かに惹《ひ》かれるように目を細め、志月を見つめた。軽く眉間《みけん》に皺《しわ》を寄せると、じいっと間近で見据《みす》えてくる。

途端《とたん》、志月の心臓は全力疾走《しっそう》をしたかのように暴れ、そのまま身動きひとつできなくなった。

宰川の視線は、まるで物理的に力を持っているかのようだ。志月の身体《からだ》と心を拘束《こうそく》し、何もできなくさせる。

「――――」

そのまま見つめ合うこと十秒あまり。

「なんか、……どっかで会ったことないか？」

どきん、と一際《ひときわ》高く鼓動する。

まさか、――思い出す？

一瞬《いっしゅん》の期待、だが思い出されたからといって互《たが》いの距離《きょり》が近くなるとはとても思えない。それどころか今の志月の体《てい》たらくを知られたら、失望すらされてしまうかもしれない。

そう思うと、今度はたまらなく怖《こわ》くなった。

「あのねえ宰川。母親の前で息子にコナかけるなんて、ずいぶん度胸あるじゃない？」

呆《あき》れきった声が響《ひび》くと、宰川の視線がふと逸らされた。そのことに心の底からホッとする。

「そういうわけじゃないですよ。ホントに会ったような気がしたんですって」

「へえ？」

皮肉げに唇を歪《ゆが》める夏英に宰川は苦笑し、あらためて志月に向き直る。

「もう一度。よろしく、志月くん」

「……よろしくお願い……、あの、本当に？」

縋《すが》るように夏英に視線を向けたが、駄目《だめ》押しの如《ごと》く、深くうなずかれてしまった。

「決定事項《じこう》だから。ま、がんばってちょうだい」

にっこり笑う母に、彼女に勝てた例《ためし》のない息子は、力なく肩《かた》を落とした。

宰川脩、という名は。

アメリカ人に、あなたが知っている日本人は？　という質問を投げかけた時、恐《おそ》らく一番多く返ってくる名前だろう。

ドラマや映画、コマーシャルにひっぱりだこ、まさに人気絶頂の頃《ころ》に、宰川は突然所属していた事務所を辞《や》めて日本を飛び出し、単身渡米《とべい》。自力でオーディションを受け、七年間で五本の映画に出演した。この五本とは名前のある役、という意味で、スクリーンに映る時間がたったの数秒という、名すらない端役《はやく》も数多くこなしている。

最初にこれはと映画ファンの目を惹いたのが、渡米後二年ほど経《た》ってから出演した、日本でも有名な監督《かんとく》が撮《と》ったSF映画の脇役《わきやく》だった。

役どころは、日本人俳優としてはありきたりな侍《さむらい》というものだったが、いい意味で主役を食うほどの存在感を見せ、一気に宰川の名が人の口の端にのぼるようになった。それ以降は年に一作ずつ出演、特に昨年のアカデミー賞で助演男優賞を獲得《かくとく》したこともあり、日本だけでなくハリウッドでもずいぶんと話題になったものだ。

今後もアメリカを拠点《きょてん》とし、日本に戻《もど》ってくることは当分ないだろうとマスコミでも騒《さわ》がれていた。

——それがどうして。

志月は宰川のファンだった。それこそ、彼が二十一歳でデビューした時からずっと。

だからこそ志月は、いまだにこれが——宰川が目の前にいることが、現実として受け入れられず、ただ夏英の説明をぼんやり聞くばかりだった。

「——でね、志月。宰川には一ヵ月くらい仕事をやらせないから、その間彼を見張っていてちょうだい」

「……は？」

見張るとはやけに物騒《ぶっそう》なことを、と我に返ると、夏英は少し苦い顔をした。

「宰川は男にも女にもだらしないから、ちゃんと見張ってないとすぐにマスコミの餌食《えじき》よ」

「……」

あまりにもな言い方にひっそり眉根《まゆね》を寄せると、夏英はすぐさま悪戯《いたずら》っぽく唇を綻《ほころ》ばせた。

「ま、その程度で潰《つぶ》れるような男じゃあないけど、今後のことを考えると身辺は綺麗にしておいてほしいのよ」

「今後のこと……。一ヵ月後、どんな予定が入っているんですか？」

「ん？　内緒《ないしょ》」

にっこり笑う夏英に、志月はあからさまにため息をつく。

「宰川さんのマネージャーに就《つ》けと言ったのは社長ですよ。彼の仕事内容をマネージャーが把《は》握《あく》していないなんて、そんな馬鹿《ばか》なこと、ありますか」

「確かにそうよねえ。でもごめんね、あとでちゃんと説明するから、とりあえずあなたは宰川のそばをうろちょろしてて。で、昔の男とか女とか新しい彼氏とか彼女とかが来たら、ちゃんと牽制《けんせい》してね」

「……」

何を言われても特に顔色を変えず、鷹揚に構えている宰川を、ちらりと見た。

男にも女にもだらしないって本当だろうか。

確かにこれほどの存在感、しかも日本中に顔を知られている有名芸能人だ。本人がどう思っていようと、周りが放っておくわけがない。

理性の上では冷静に納得できるのだが、感情はそれを嫌《いや》がっている。

長いこと憧《あこが》れていた相手なのだ。少しくらい夢を見たっていいじゃないかと、志月は誰に聞かせるわけでもなく、内心で呟《つぶや》いていた。

「それと宰川。言うまでもないけど、あたしの息子《むすこ》に手を出したら許さないからね」

きっちり宰川に釘《くぎ》を刺《さ》す夏英に、本人ではなく志月の方が慌《あわ》てた。

「宰川さんがそんなことするわけないでしょう……！」

だがそう叫《さけ》んだ志月を、当のふたりは顔を見合わせ、同時に噴《ふ》き出した。

「すごいわ。あたしの息子はあんたに夢見てるみたい」

「それはそれで嬉《うれ》しいけど、逆に高度な牽制かもしれないですよ、社長」

「いやだ、志月はそんなに計算高くないわ。紛《まが》うことなく天然よ」

と、ゲラゲラ笑うふたりに、志月は黙《だま》りこくった。

どうせ言葉で敵《かな》うわけがないのだ。ならばこれ以上笑われないよう、静かにしているに限る。

「顔合わせは済んだから、宰川、帰っていいわよ」

うなずいて社長室のソファから立ち上がる宰川を、座ったまま見上げていた志月だったが、

「ほら志月、あなたも」

「え。……あの、帰る時にもついていくんですか？」

「何聞いてたのよ。まさに自由時間こそ見張ってないと駄目《だめ》じゃない」

「……ちょっと待ってください。それってずっと宰川さんと一緒《いっしょ》にいろって、そういうことですか？」

「そう言ったでしょう。何を聞いてたのかな。宰川の家に泊《と》まり込んで、二十四時間ぴったりくっついていてちょうだいね」

夏英の呆れたような口調に、志月の顔からはサァッ、と血の気が引いた。

家に泊まり込み、二十四時間ぴったりくっついている……!?

「そんな……」

「だから『社で一番の美人』を頼《たの》んだんだけど。ずっと一緒にいるならその方が楽しいし」

宰川がにっこり笑いながら、よく聞けばひどく失礼なことを口にする。だがその言葉に突《つ》っ込むこともできず、志月はただ呆然《ぼうぜん》と宰川を見上げるばかりだった。


自社ビルの地下二階は社員たちの専用駐車場《ちゅうしゃじょう》になっている。鼻歌を歌いながら機嫌《きげん》よさげに歩く宰川の後ろを、志月は遅《おく》れないよう足早についていった。

十五センチ以上、身長差があるのだ。脚《あし》の長さももちろん相当違《ちが》う。しかもいまだにこれは現実だろうか、などと思っているから、その歩調はふわふわと頼《たよ》りない。

地下駐車場の一番手前に置かれた黒いボディの車の名は、マセラティ３２００ＧＴ。イタリア車だ。

左ハンドルだ、と緊張《きんちょう》しつつ、意を決して宰川を見上げた。

「何？」

「あの、僕が運転します」

お客さんのように、助手席にただ座っているわけにはいかない。

納得がいかないながらも、マネージャーになるよう命令されたのだ。仕事なのだからきちんとしなければ。生真面目《きまじめ》さがそのまま面《おもて》に出た志月を、宰川は面白《おもしろ》げに見た。

「じゃあ、よろしく」

ポン、とキーケースを放り投げられ、志月は両手でキャッチした。

シンプルなシルバーの飾《かざ》りがついたキーは、確かな重みを志月の掌《てのひら》に伝えた。その重さが、これが現実であることを志月に知らせる。

運転をするのだから、ぼんやりしてはいられない。気を引き締《し》めて運転席に座るが、目の前のハンドルを見るなり、今度は別の意味で緊張してきた。

「どうかした？」

「あの、左ハンドルは初めてなんです。あ、でも運転は嫌《きら》いじゃないので」

慎重《しんちょう》にエンジンをかけ、ギアをトップに入れ、十時十分にハンドルを握《にぎ》る。

ゆっくりアクセルを踏《ふ》み込んで——だがヴォン、と重低音がするなり、志月はびくりと首を竦《すく》めてしまった。

途端《とたん》、隣《となり》に乗った宰川が堪《こら》え切れないように噴き出した。

「すっすみません！」

「いやいや、えーと、やっぱり俺が運転するわ。代わって」

「え、でも」

マネージャーが助手席だなんて、普通《ふつう》では考えられない。だが宰川はさっさと車から出ると、運転席へと回った。

「……」

志月は密《ひそ》やかにため息をつくと、素直《すなお》に運転を代わった。

おとなしくお客さんでいるのは肩身《かたみ》が狭《せま》いが、宰川を乗せて事故に遭《あ》うよりましだろう。

このイタリア車は、滑《なめ》らかで強烈《きょうれつ》な加速感があることで有名だ。だが宰川のドライビングは物慣れていて、驚《おどろ》くほどしなやかに走行する。

次はちゃんと運転できるようにと、宰川の運転をちらちらと観察していると、そのことに気づいたのかまたしても笑われてしまった。

「志月くんて、本当に真面目だな。いくつ？」

「二十四です」

「俺と九歳違いか。じゃあ可愛《かわい》いって思うのも仕方がないかな」

「何が可愛いんですか？」

「君が」

「どこがですか、全然可愛くないですよ……！」

志月の白い肌《はだ》がサッと紅潮し、慌てて否定した。それを横目で見た宰川は、楽しげに口元を綻ばせた。

「社長の息子って聞いたから、どんな強烈なタイプが来るかと思っていたんだが、意表を突かれたな」

「母と比べられるとちょっと……」

彼女の行動には、幼い頃《ころ》からかなり振《ふ》り回されてきた。積極的でバイタリティに溢《あふ》れ、迷惑《めいわく》を被《こうむ》ったこともあるし、今も同様だが、決してマイナス思考に陥《おちい》らない明るさと前向きさは尊敬している。

志月の呟きに、宰川はまた笑った。

「夏英さんに敵う人間はあんまりいないだろう」

『夏英さん』という呼び方に、志月はふと興味を惹《ひ》かれた。

「宰川さんと母は、以前からの知り合いなんですか？」

「うん？　ああ、夏英さんというか、君のお父さんとね」

「義父《ちち》と、ですか」

「渡米《とべい》をする際援助《えんじょ》をしてくれたのが狩野さんだったんだよ」

そうだったのか、と志月は初めて知る事実に目を瞠《みは》った。

「ここだけの話、前の事務所を辞《や》める時、かなりこじれたんだ。そこに、間に入って助け船を出してくれたのが狩野さん。だから君のお父さんは俺の恩人」

「義父が……」

宰川は当時を思い出したのか、わずかに唇を歪《ゆが》めた。

「でもいまだに狩野さんが助けてくれた理由が分からないんだよな」

「それは、宰川さんの実力を義父が知っていたからじゃないですか？　義父は魅力《みりょく》ある人に融《ゆう》資《し》をすることが好きですから」

宰川だけでなく、才能はあるが財政難の画家や音楽家のパトロンもしている義父だ。

宰川は、あまり納得していないのか微《かす》かに首を傾《かし》げたが、気にしても仕方がないと思ったらしく、話題を変えてきた。

「志月くんはどこに住んでいるの？　社長と一緒？」

「いえ、会社から二十分くらいのところにあるアパートを借りています。あの、宰川さんは、いつ日本に？」

志月の問いに、宰川は五日前、と言う。

「今は、どちらに住んでいらっしゃるんですか？」

ずっとアメリカを拠点《きょてん》に活動していたのだ。もしかしたらホテルを仮の我が家としているのかもしれない。

「もともと自宅があるんで、そっちに住んでるよ。赤坂《あかさか》にある、古い一軒家《いっけんや》」

「おひとりで？」

「そう。ああ、そうだ。寄り道するけどいい？」

「あ、はい。どちらへ？」

宰川はちらりと志月を見、そうして笑《え》みを浮《う》かべた。

「……、あの？」

「それは着いてからのお楽しみ」

志月が楽しいのだろうか。いや、恐《おそ》らく宰川が楽しいに違いない。

どこへ連れて行かれるのか少々不安になったが、もちろんそれを口にはできない。二十分ほど走らせ、宰川が車を停《と》めたのは、セレクトショップが並ぶ青山通りだった。

「洋服を？」

「うん。君のね」

「あの……どうして僕に服が必要なんです」

これから泊《と》まり込みが続くとしても、さほど遠くはない場所に自宅アパートがあるのだからそちらへ取りにゆけばいい。

今この場で服を買う理由なんてないではないかと、志月が首を傾げると、宰川はにっこり微笑《ほほえ》んだ。

その顔を見るなり、志月はそっと吐息《といき》を零《こぼ》す。

……彼の笑顔は本当に心臓に悪い。

そうむやみやたらに、微笑んでほしくない。ごく一般庶民《いっぱんしょみん》の志月には、その笑顔は眩《まぶ》しすぎるのだ。

「今夜友人――というか悪友みたいなもんだけど――たちが、帰国祝いのパーティを開いてくれることになっているから」

「……はあ」

それがどうして志月が服を買うことに繋《つな》がるのかと、再度首を捻《ひね》ると、まだ分からない？　とおかしげに笑われた。

「君もそのパーティに参加するから、そのための服を買うってことだよ」

「僕もですか……っ!?」

仰天《ぎょうてん》して、とんでもない、謹《つつし》んでお断り申し上げますと叫《さけ》ぶと、宰川はダメダメと首を振った。

「大丈夫《だいじょうぶ》、悪いヤツはいないから。君も楽しめばいい」

楽しめるわけがない。

志月は大勢の人間というのが大の苦手なのだ。そしてそれ以前に、人と視線を合わせること自体、苦手でもある。

無理です、と言いかけた志月だったが、ぐいと顔を近くに寄せられると、そのまま息が止まってしまった。もちろん言葉も、だ。

「志月くんは俺に張り付いてないといけないんだろう？　ちゃんと職務は遂行《すいこう》しないとね」

完全にからかわれている。けれど確かに——従いたくはないが——、そういう場だからこそ宰川から目を離《はな》してはいけない。彼に志月がつく理由は、まさにそれ……夏英いわく『男にも女にもだらしない』宰川を見張るためなのだから。

「俺が選んであげるよ。君に似合う服を」

「……今のスーツではいけませんか？」

「地味すぎる。内輪の集まりだが、まがりなりにもパーティだから」

確かにそうだ。この地味なスーツでパーティになど出席したら、ほかの人々が興ざめしてしまうに違いない。かといって、自宅に戻《もど》っても、華《はな》やかな場所に着ていくような衣服を、志月は持ち合わせていなかった。

「……できるだけ地味なものでお願いします」

だから志月に言えるのは、せいぜいそれくらいだった。

◆　◆　◆

宰川の友人が開いてくれたというパーティは、流行に敏《さと》くない志月でさえ名を知る、有名なレストランバーで行われた。

昼は美味《おい》しい食事が楽しめるレストラン、夜は雰囲気《ふんいき》のあるバーに変貌《へんぼう》するその店は、予約をしなければ入店できないほどで、連日賑《にぎ》わいを見せている。

若者に支持を受けている理由として、まず有名な日本人インテリアデザイナーがプロデュースした店内の内装にあった。濃淡《のうたん》のあるブルーを多用した店内は、日中は健康的な海辺の空気を感じさせ、日が暮れてからはまるで夜の水族館を想像させた。個性的でありながら居心地《いごこち》のよさをも感じ、いつまでもいたい、また来たいと思わせる。

ふたつめとしては、開店以来数年間、メニュー全般《ぜんぱん》にわたって高レベルを維持《いじ》しているところにある。単純だが、この店に来れば美味しいものが食べられるという期待を常にクリアしていた。かといって、目が飛び出そうなほど高額料金というわけでもなく、予約の手間を惜《お》しみさえしなければ、手頃《てごろ》な料金で美味しいものが食べられるのだ。

給仕もまたプロフェッショナルに徹《てっ》し、料理同様従業員のレベルも高い。

三階部分まで吹き抜《ふぬ》け状のメインフロアの広さは約百平方メートル。琉球《りゅうきゅう》ガラスで作られたインテリア、回遊魚たちの魚影《ぎょえい》を想像させるオブジェ、水底にいるような照明、空間にたゆたう、スロウな音楽……。

立食パーティのため、ほとんどのテーブルや椅子《いす》は片付けられていた。その広いフロアには、志月が想像していた以上の数の人間がひしめいていた。

内輪だからと言われていたから、多くても二十人程度だと思っていたのに、その倍はいる。扉《とびら》を開け、ざわめきの中に身を置いた志月は、彼ら彼女らの視線を一斉《いっせい》に浴びて、とっさに目を伏《ふ》せてしまった。

もちろん、彼らが見ているのは自分ではなく隣《となり》に立つ宰川であることは百も承知している。それでも、おまけについてきた自分までも人々の視界の隅《すみ》に入ることが、志月にはひどく苦痛だった。

「どうした？」

「あの、僕のことはお構いなく」

「そんなにうつむいて。恥《は》ずかしいのか？　こんな格好《かっこう》、したことないですし」

「そ、それもあります。こんな格好、したことないですし」

宰川に連れられ、あれよあれよという間に整えられた衣服は、上から下まで、志月ならば絶対に手にしないであろうものばかりだった。

派手な原色系というわけではない。ブルー系でまとめられていて、色だけならば、普段《ふだん》の志月もよく選ぶものだった。

絶対に手に取らない、というのは、そのデザインと布の素材だ。

澄《す》んだ海の青を煮詰《につ》めたような紺碧《こんぺき》色のドレススーツは、裾《すそ》が長めのクラシカルな形状をしていた。スラックスは細めで、肉付きの薄《うす》い志月の脚《あし》を形よく見せている。スーツの袖《そで》が折り返されていて、そこに銀を燻《いぶ》したような風合いのボタンが三つ。また、マオカラーの襟元《えりもと》から裾まで、同様のボタンがほとんど隙間《すきま》なくつけられていた。

しかも肩《かた》の辺りから胸元《むなもと》にかけて、銀と藍色《あいいろ》の糸で刺繍《ししゅう》が施《ほどこ》されている。花をモチーフとした、緻密《ちみつ》で凝《こ》った柄《がら》だ。

そしてスーツの素材というのが、オーガンジーのような薄い生地《きじ》のシルクを幾重《いくえ》にも重ねたようなやわらかな風合いで、まるで誂《あつら》えたように志月にぴったりだった。

最後の砦《とりで》と志月が考える眼鏡《めがね》は、あっさり奪《うば》われていた。視力矯正《きょうせい》のための眼鏡ではないことを、宰川に見破られたのだ。

「よく似合っている。志月くんは青が似合うね」

「確かに青は好きな色ですが……」

「よう、宰川」

「久しぶりー」

「一年ぶりよ。サングラスなんか取って、顔、ちゃんと見せて」

いきなり数人の男女が押し寄せてきたかと思うと、宰川とともに取り囲まれてしまった。

「……っ」

触《ふ》れそうなほど近くに寄られた志月は、小さく身震《みぶる》いする。覚悟《かくご》しておけば大丈夫なのだが、急に寄られるとどうしても身体《からだ》が強張《こわば》ってしまう。だがそんな志月の小さな変化に、周囲の誰も気づかなかったようで、内心ホッとした。

男女はいずれも華やかなスーツやドレスを着用していた。そっと顔に視線を向ければ、女ふたりはモデル、男は宰川の同業者だった。

もちろん三人の名前を志月は知っているし、みな芸能界で活躍《かつやく》している面々だ。だがどんなに華やかな芸能人たちも、宰川を前にしては全員が霞《かす》んで見えた。

宰川が今宵《こよい》着ているスーツは、決して派手ではない。

黒地に近寄らなければ分からないほど細いグレーのストライプの入ったスーツと、光沢《こうたく》を抑《おさ》えたブルーのシルクシャツというでたちだ。ネクタイはしておらず、襟元はラフに崩《くず》されている。アクセサリー系は何もつけていないし、フレグランスも同様だ。だがその存在感は圧倒《あっとう》的で、宰川は飾《かざ》りを身にまとわなくても、自ら輝《かがや》ける人間なのだろうとあらためて志月は思った。

「宰川さん、全然変わってないわ」

「そうかな？　変わったじゃない。観察眼に優《すぐ》れてないのね」

「どこが変わったってのよ？」

「髪形《かみがた》」

ロングヘアとベリーショートのモデルのふたりは宰川の両脇《りょうわき》に陣取《じんど》り、左右で腕《うで》を組むと、どちらも嬉《うれ》しそうに笑った。

「久しぶり。おまえらは相変わらずだな」

「変わらない？」

「美人になったとか可愛《かわい》くなったとか色っぽくなったとかイロイロあるでしょ？」

宰川は破顔した。

「ああ、美人になったし可愛くなったし色っぽくもなった」

「……嬉しくないわ、それ」

「あらあたしは嬉しいわ。ありがと、宰川さん」

「初めて見る顔だけど、君、宰川の新しい恋人《こいびと》？」

それまで呼吸すら密《ひそ》やかに、目立たないようひたすら静かにしていた志月を、俳優が覗《のぞ》き込んできた。

ドラマでは主役にはならないが、脇役《わきやく》として欠かせない存在と言われている俳優だ。

「まさか、違《ちが》います！」

慌《あわ》てて首を振《ふ》ると、肩に俳優の腕が伸《の》び、あっさりと引き寄せられてしまった。

「あ……っ」

「違うの？」

ちらり、と俳優が宰川に視線を投げると、

「今のところは」

今のところは、ってどういう意味だと志月もまた宰川を見上げると、ひょいと肩を竦《すく》めた。

「未来は誰にも分からないってこと」

すると俳優は、そりゃそうだと笑った。

「やだわ、この子肌《はだ》つるつる」

ベリーショートのモデルが志月の目の前に立つと、無造作に志月の顎《あご》をくいと持ち上げ、マジマジと見つめてきた。

「髪《かみ》もさらさらでつやつやだわ。しかも天然素材っぽいじゃない！」

今度はロングヘアのモデルの方が、志月の髪を軽く引っ張った。

「あ、あの……っ、は、離《はな》してください」

「もーちょっと。なんのコスメ使ってるの？」

「シャンプーは？　ヘアサロンはどこに行ってる？」

「あの……」

「うわ、ほっそい腰《こし》だな。ちゃんと食ってるのか？」

おまけに俳優が腰に腕を回してきたから、志月はひゃっ、とまるでお化けにでも出くわしたかのような声をあげてしまった。

「あら可愛い声」

「顔も可愛いわあ。真っ赤になってる」

「ホントだ。収穫《しゅうかく》時期のフルーツみたいだな」

食っていい？　と俳優が無造作に顔を近づけてきた。

「――!?」

睫毛《まつげ》すらはっきり見えるほど寄られ、男が何をしようとしているのか悟《さと》った時には、もうのっぴきならないほど近づかれていた。

――唇《くちびる》が、触れてしまう……！

咄嗟《とっさ》に目を閉じた一刹那《いちせつな》、志月の唇に温かな何かが触れた。

触れられてしまった。

愕然《がくぜん》として、だがその温もりがいつまでたっても退《ど》かないことに恐慌《きょうこう》を来《きた》した志月だったが、

「そうむやみやたらとキスすんじゃねえよ。さっき今のところはって言っただろうが」

「今のところだから、今はフリーなんだろ、この子？」

「これから口説くかもしれないいんだからてめえは触《さわ》るな」

「なんだよそりゃ」

唇が触れているはずの俳優が喋《しゃべ》っている。

と気づいて、恐《おそ》る恐る目を開けると、志月の唇は、宰川の掌《てのひら》に覆《おお》われていた。

「……」

道理で唇にしてはごつごつと硬《かた》かったはずだと、志月は安堵《あんど》のあまり、その場に座り込みそ

うになってしまった。

「お、っと。大丈夫《だいじょうぶ》か？」

膝《ひざ》が砕《くだ》け、がくん、と腰が沈《しず》みかけた志月を、宰川が支えてくれる。

心臓がうるさいくらい速く鼓動《こどう》するが、ほかの誰より宰川の手の方が嬉しかった。

「だ、大丈夫、です」

「おまえらお触り厳禁」

しっしと犬を払《はら》うように手を振られ、三人はひどいとか触らせろーとか言いつつも笑っていた。

「宰川ぁ、主役がそんな出入り口にいつまでも立ってんなよ。おまえらも隅《すみ》っこで盛り上がってないで、全員こっちに来い来い」

フロアの中央付近で、宰川と同年代の男がひらひらと手を振っている。

志月は男が、ファッション誌や経済誌などでよく見る、このレストランバーのオーナーであることに気づいた。

「志月くんも」

宰川はそう言って、ナチュラルに志月の手に触れた。握《にぎ》られた瞬間《しゅんかん》、掌にどっと汗《あせ》をかいた志月は、慌ててぶるぶると首を振った。

「結構です。あの、ここにいますので」

宰川は志月を見下ろし、ちょっとだけ眉間《みけん》に皺《しわ》を寄せた。

「志月くんはこういうところ苦手か？」

「苦手っていうか、あの、僕のことは本当に気になさらず、パーティを楽しんできてください。せっかく皆《みな》さん、宰川さんのご帰国を喜んでいらっしゃるのですから」

宰川は小さくため息をついた。その、微《かす》かな音を聞くなり、彼がつまらない自分に呆《あき》れたのではないかと、胸にずきりと痛みが走る。

だが宰川はすぐさま笑《え》みを見せ、うなずいた。

「志月くんも、気が向いたらおいで。あ、もし知らないヤツにどっか連れて行かれそうになったら、ちゃんと助けてーって叫《さけ》ぶんだよ？」

悪戯《いたずら》っぽい口調に、志月は思わず緊張《きんちょう》も薄《うす》れ、微笑《ほほえ》み返した。

「はい」

「ん」

フロア中央に足を踏《ふ》み出す前、宰川はちょい、と志月の頬《ほお》に触《ふ》れてから背を向けた。

離れていく宰川を見送るのはホッとするような寂《さび》しいような、複雑な気分だ。

でも追いかけるなんてできない。今でさえ、自分がここにいるのは場違《ばちが》いとしか思えてならないのに、こんな大勢の前で宰川の隣《となり》に居続けられるほど、志月は図太い神経をしていなかった。

友人たちと談笑している宰川は楽しそうだ。そんな宰川を遠くからひっそり見つめている方が、自分には合っている。

煙草《たばこ》、吸うんだ。

志月はグラスを片手に煙草を吸う宰川の横顔を、まるで映画のワンシーンを観《み》るかのように見入った。

たとえそれが私的な場面であっても、宰川は絵になる。

もう半日一緒《いっしょ》にいるのに、つい先刻まで彼と話していたのに、いまだにこれが現実だと信じられない。

宰川の周囲には華《はな》やかな男女が入れ替《か》わり立ち替わりやってきては、和《なご》やかに言葉を交《か》わしていた。友人たちもまた美男美女が多いから、ますます映画を観ているようだ。

ふと首を傾《かし》げたのは、宰川と離れてから十五分ほどがたってからのことだった。

宰川の目が、ときおり志月の方を向いてはにこりと微笑み、またすぐに話している友人へと向かう。それが、話す相手が変わるたびに繰《く》り返されるのだ。

まただ。

今のでもう四度め。宰川の視線が志月に触れるたびに、落ち着かない気分を味わう。

今度は友人と一緒に目を向けられた。

――自分のことを話しているのだろうか。

もしかしたらあまりにも場違いな人間がいると、不審《ふしん》に思われているのかもしれない。だから友人たちは、その都度宰川に訊《き》いているのかもしれない、と思い至る。

控《ひか》えめに周囲を見回すと、視線を注がれていることに気づき、志月はこの場から逃《に》げ出したくなった。

スロウだが重低音の音楽、波のような人々のざわめき、煙草と香水《こうすい》の匂《にお》い、青い神秘的な照明――。それらすべてが、己《おのれ》の静かな日常からほど遠く、なんだかいたたまれない。

志月の目の前で、薄い紗《しゃ》に区切られ、弾《はじ》かれているようにすら思えた。

宰川を置いて、勝手に出るわけにはいかないと、ぐっと堪《こら》える。

だがまた宰川と視線が合うなり、志月は目を伏《ふ》せた。

「みんなもう勝手に飲んでると思うけど、一応主賓《しゅひん》に挨拶《あいさつ》してもらうぞー」

レストランバーのオーナーのひと声に、どっと歓声《かんせい》があがった。

「このメンツで何話せって？」

宰川のよく通る声が、志月のいる場所まで聞こえてきた。

「別になんでもいいぞ。渡米《とべい》して以来七年、どんな恋愛遍歴《れんあいへんれき》を重ねてきたのかとか、日本人とどっちが悦《よ》かったかとか」

「シモネタ厳禁ー！」

「話せ話せ、マスコミにリークしてやる」

「その時はおまえの昔の悪事ももれなくばらされると思え」

またどっと笑いが起こった。

みんな気の置けない仲間なのだろう。大学のサークルのような雰囲気《ふんいき》でもある。

宰川は大学在学中に映画デビューを果たした。大学では自分たちで映画を作るサークルに入っていたのだという。その頃《ころ》の友人の中には、映画監督《かんとく》や俳優になった者が何人かいると以前雑誌で読んだことがあるから、今夜もここに来ているのかもしれない。

そう思うと、ますますこの場にいづらくなってきた。

少しだけ、この場を離《はな》れよう。

レストルームにでも行って、己をたて直し、またすぐに戻《もど》ってくる。

志月はそう決めて、ゆっくりと歩きだした。

「今日の集まりは急な話だったんだろう？　こんなに来るとは思ってなかったから、正直驚《おどろ》いた。ありがとうな」

宰川の声を背中に聞きながら、志月はボーイに洗面所の場所を聞いた。

フロアから出た途端《とたん》、ざわめきが遠くなり、志月はホッと息をついた。

レストルーム内も店内同様、シックな装いを見せていた。

青と白のマーブルの壁《かべ》に、縁《ふち》に凝《こ》った装飾《そうしょく》が為《な》された鏡がいくつも並んでいる。

志月は蛇口《じゃぐち》を捻《ひね》り、勢いよく水を出した。気が済むまで手を洗い、ひと息つくと鏡に映る己を見つめた。

目を伏せるのは子供の頃からの癖《くせ》だ。人と視線を合わせるのが苦手で、できるだけ目立ちたくなくて。自然とこんな自分になってしまった。

眼鏡越《めがねご》しでない自分の顔を久しぶりに見たように思う。普段《ふだん》から鏡を見るのもあまり好きではなかった。

宰川の周囲の人間は、みな己の魅力《みりょく》を熟知しているのだろう。自信に溢《あふ》れ、いつ、どんな時でもうつむくことなどないに違《ちが》いない。

「……」

フロアに戻るのが憂鬱《ゆううつ》だ。けれど戻らないわけにはいかないし、宰川のそばにいるという仕事を投げ出すわけにもいかない。

覚悟《かくご》を決めて、志月はレストルームをあとにした。

「あ」

廊下《ろうか》に出た途端、男と肩《かた》がぶつかった。

「す、すみません」

「いや、俺の方が悪い。飲みすぎたかなー」

そう言って笑うのは、モデルのふたりとともに声をかけてきた俳優だった。

自己申告どおり目がとろりとしていて、もうずいぶんと飲んでいるようだ。

ふらりと男の上体が揺《ゆ》れ、志月に凭《もた》れてくる。

「う、わ……っ」

ゴッ、と廊下の壁に頭を打ちつつ、志月は漸《ようよ》う男を支えた。

「あ、あの、大丈夫《だいじょうぶ》ですか?」

「んー? 平気平気」

平気と言いながら、男は容赦《ようしゃ》なく凭れかかり、ぎゅっと抱《だ》きしめさえしてきた。

「ちょ……っ」

「やっぱり腰《こし》ほっせえな。ちゃんと食べてる?」

先刻と同じことを言われ、しかも男の手はさらに際《きわ》どい部分にまでやってこようとする。

「や、やめてください」

ぞくりと寒気が背筋を走った。

快感ではもちろんない。それは、悪寒だった。

「やめるって、何を?」

「で、ですから」

すう、と腰から下方へと掌《てのひら》が落ちてくる。

「尻《しり》もちっせえし。こんな華奢《きゃしゃ》な身体《からだ》で、宰川の相手ができんの?」

途端に志月は、カアッと頭に血を上らせた。

「ふざけないでください！　宰川さんと僕は、そんな関係じゃありません」

「じゃあどういう関係？」

「僕は宰川さんのマネージャーです」

「へえ、そうなんだ。じゃあ恋人《こいびと》とかセフレとかじゃないんだね」

「違《ちが》います！」

きっぱりと否定すると、男はふにゃ、と顔を綻《ほころ》ばせた。

「じゃあ宰川に遠慮《えんりょ》することねえな。おいで」

「どこに……、手を離してください！」

「おや、いい声してるね。発声いいよ」

「……っ、ちょっと！」

男は酔《よ》っ払《ぱら》いのくせに振《ふ》り解《ほど》けないほど強い力で志月の手首を掴《つか》み、引き摺《ず》るようにしてレストルームへと歩いてゆく。

「離してください！」

だが叫《さけ》んでも男の手はまったく緩《ゆる》まない。それどころかますます力を込めてくるから、掴まれた個所に、痺《しび》れるような痛みを感じた。

「最初に見た時から好みだと思ってたんだよ。宰川のお手付きだったら仕方ないけど、そうじゃないんなら俺と遊ぼう」

艶《つや》っぽい、明らかに色事を仕掛《しか》ける眼差《なまざ》しを向けられた志月は、ぞっとした。

男は志月に欲情しているのだ。

全身に鳥肌《とりはだ》が走り、志月は怯《おび》えて微《かす》かに首を振った。

「……やめてください」

「やめてあげない」

「や、……嫌《いや》だっ」

摑まれた手をメチャクチャに振り回して、拘束《こうそく》を解こうとする。だが業《ごう》を煮《に》やした男は、面《めん》倒《どう》だと言わんばかりに、思いきり志月を壁に押しつけ、ぴったりと身体を重ねてきた。

腰骨《こしぼね》の辺りに、男の熱が押しつけられる。

服越しでも分かる。男の欲情の徴《しるし》に背筋が寒くなり、志月は渾身《こんしん》の力で、男から逃《のが》れようとした。

「いや、だ……っ！」

酒臭《くさ》い息が頬《ほお》にかかる。夢中で首を振るが、男の唇《くちびる》がこめかみを掠《かす》った。両手を摑む男の掌も、唇も、押しつけられる熱も、すべてに嫌悪《けんお》を感じる。同じくらい、男の縛《いまし》めを解けない非力な己に対し、激しい憤《いきどお》りを抱いた。

「キスくらいさせてくれてもいいんじゃない？　深窓の令嬢《れいじょう》だって、こんなに抵抗《ていこう》しないよ」

「抵抗しない人がいいなら、僕を選ぶな……っ」

「いやいや、抵抗されても君がいいな。ていうか、あんまり抵抗されると余計に燃えるっていうか」

「ふ、ざけるな、退《ど》け！」

遠慮をかなぐり捨てて、志月は乱暴に言い放つ。

「あれ、そういう言葉も使うんだ。いいねいいねー、もっと暴れてごらん」

「……っ！」

悔《くや》しい……！

キッと男を睨《にら》みつけた瞬間《しゅんかん》、その顔がかつてないほど近寄ってきた。

「や……」

今度こそキスされてしまう。――と、顔を歪《ゆが》めた志月の目の前に、大きな手の甲《こう》が差し出された。

「お触《さわ》り厳禁って言っただろうが」

低い声もまた、ふたりの間に差し込まれる。

「――」

そろり、と手と声の主へと視線を向ける。

「抵抗されると余計に燃えるっていうのはまあ同意見だけど、本気で嫌がってるのとそうじゃないのを見誤るのはみっともないよ」

「……宰川さ……」

ようやく男の手が手首から離《はな》れ、志月は安堵《あんど》のあまり長い吐息《といき》を零《こぼ》した。

「彼みたいな子が好みだったっけ、おまえ？」

「好みってのは年取ると変わってくるもんだって。昔は洋食好きだったけど、今じゃ肉じゃがとか豚汁《とんじる》とか、そういうのを作られた方がグッとくるようになったんだよ」

「まあ、言わんとするところは理解できるが」

「だろ？」

「だろ、じゃねえよ。おまえはもう飲むな。彼にも今後一切近付くんじゃない」

宰川は男の額にデコピンした。相当鋭《するど》かったらしく、男はうっと呻《うめ》いて額を押さえた。

「志月くん、大丈夫？」

宰川の目が男から志月に向けられた。

『大丈夫か？』

遠い過去、志月にかけられた同じ言葉。

その時、その瞬間が、まるで昨日のことのように思い出される。

「……大丈夫、です」

震《ふる》える手をぎゅっと握《にぎ》り、半分涙目《なみだめ》になりながらもうなずいた志月を見た宰川の次の行動は、とても素早《すばや》かった。

志月の肩《かた》に手を回すと、ゆっくりと歩き出す。

「え、おい、どこに行くんだ？」

背後で男が声をかけてきたが、宰川はごく軽い口調で帰る、と告げた。

「新藤《しんどう》におまえのせいで俺の連れが気分を悪くしたから帰るって、おまえが言っておけ。逃《に》げたら承知しない」

振り返って笑う不敵な顔に、志月が言葉を失っていると、男は情けない声をあげた。

「ちょ、宰川……！」

「あの……」

「ん？」

「僕は、大丈夫です。せっかくご友人がパーティを開いてくれたのに、主賓《しゅひん》のあなたが一番に帰ってしまっては……」

「いいのいいの、あいつら俺をダシにして飲んで騒《さわ》ぎたいだけだから」

まさか、そんなわけないだろう。

きっと今夜この場に集まった人々は、宰川の帰国を喜んでいるに違《ちが》いない。それを自分のせいで中断させるのは申し訳なさすぎる。

だが宰川は志月の言葉など聞かず、さっさとレストランバーから出てしまった。

地下の駐車場《ちゆうしや》に向かう宰川の足は止まらず、それでもフロアに引き返してもらいたくて、志月は彼の上着の裾《すそ》を、遠慮しながらそっと引っ張った。

「宰川さ……」

いまだ潤《うる》む志月の瞳《ひとみ》を見下ろした宰川は、ふと口を噤《つぐ》んだ。

「誘《さそ》われているような目って、ホントだな」

「……え？」

「気づいていた？　あの壁際《かべぎわ》にいる子は誰だって、みんな噂《うわさ》していたこと」

「僕があの場にいるのはそぐわないので、浮《う》いているようには思いました」

正直にそう告げたら、宰川はふっと笑った。

「……あの」

笑われる理由が分からなくて竦《すく》む志月を、宰川の掌《てのひら》が背筋を伸《の》ばしてというふうに背中に触《ふ》れてくる。

「そうじゃなくて、君みたいに綺麗《きれい》な子がポツンと突《つ》っ立っていたから、みんな気になって仕方がなかったんだよ」

「――そんなわけないでしょう」

あんなに華《はな》やかな人々の集まりの中で、自分を気にする人間がいるなんてまったく信じられない。

志月は自分に自信がないことに対しては自信があるから、きっぱりと断言した。

「そんなわけあるけどな」

宰川はそう言って、志月の髪《かみ》に手を伸ばしてきた。

「宰川さ……？」

「ホントだ。さらさらでつやつやの髪をしてるし、肌《はだ》も磁器のように滑《なめ》らかだ。指先で触っても、全然引っかからない」

「あ、の」

「こんなに綺麗なのに、どうしてそんなに自信がないんだ？　引っ込み思案というより、引っ込んだままでいたいって思っているように見える」

宰川の言葉は的を射ていて、志月はつと押し黙《だま》った。

宰川はそんな志月を一瞬《いっしゅん》強く見据《みす》えたが、すぐに返事を諦《あきら》めたのか、車に乗り込もうとした。

「宰川さん、お酒飲んでいらっしゃったでしょう!?　運転は駄目《だめ》です！」

「志月くん、ちゃんと運転できる？」

「できます。代わってください」

もともと車の運手は嫌《きら》いではない。最初にこの車に乗せられた時にはあまりにも舞《ま》い上がっていたから、普段《ふだん》ならば簡単にできる行為《こうい》すら難しかった。今も落ち着いているとは言いがたいが、まさか飲酒している宰川に運転させるわけにはいかない。

キーを借りると、今度こそ車を発進させた。

宰川ほどではないがスムーズに進む。急な加速感に気をつけさえすれば、あとはもう普段とさほど変わらない。

宰川のナビに従い、彼の家まで向かった。

平日の夜だったが道路はさほど混んでいなかった。

静かな車内が、少し居心地《いごこち》悪い。だが先刻のレストランバーよりは、気持ちは落ち着いていた。

途中《とちゅう》宰川の携帯《けいたい》に電話が入った。

相手が本日パーティを開いた新藤という人物だと会話の内容で気づいた志月は、宰川が電話を切ったあとでそろりと訊《たず》ねた。

「本当に、ご自宅に戻《もど》っていいんですか？」

電話の主は、さっさと帰った宰川を詰《なじ》っていたようだった。志月のせいで宰川に対する友人の評価が落ちてしまったらと思うと、とても落ち着いていられない。

だが宰川はそんな志月の心配を一蹴《いっしゅう》した。

「この程度でブツブツ言い続けるほど狭量《きょうりょう》なヤツじゃないよ」

そう軽く告げられ、相手のことを信頼《しんらい》しているのだなと羨《うらや》ましくなった。

濃密《のうみつ》な付き合いが苦手な志月は、親友と呼べる相手もいない。

「大体震えている君を放っておいてそのまま戻るって、どんだけ薄情者《はくじょう》だ」

続けて告げられた言葉は、志月の竦んでいた心を、仄《ほの》かに温めた。

三十分ほどで到着した宰川の自宅は、想像していたものとずいぶん違っていた。

近代的なデザイナーズマンションにでも住んでいるようなイメージを勝手に持っていたのだが、尖《とが》った屋根が特徴的《とくちょう》な、古い洋館だった。

鉄製の背の高い門の内側には、車が二台止められる駐車スペースがある。その倍ほどの広さの庭もあるのだが、晩秋という季節からか、あるいはつい五日前まで人が住んでいなかったからか、植物はほとんど植えられていなかった。唯一《ゆいいつ》の植物は、門の手前左右に植えられている合歓《ねむ》の木だ。きっと初夏には美しく繊細《せんさい》な花を見せてくれるのだろう。

月光の下、年月はたっているが丁寧《ていねい》に手入れされた館を見上げる。

新しいものより過去のものを好む傾向《けいこう》にある志月は、ひと目でこの家に惹《ひ》かれた。

闇《やみ》にうっすらと浮かぶ白い壁《かべ》や木枠《きわく》に縁取《ふちど》られた窓、鋭角《えいかく》的な屋根。

足を止めて家を見上げる志月を振《ふ》り返った宰川が、古いだろう、と笑った。

「僕は好きです。こういう家」

本音だったからするりとそんな言葉が零《こぼ》れた。

「そう？　五十年以上前に祖父《じい》さんが作った家だよ」

来て、と手招きされ、宰川のあとについて洋館に入ると、広い玄関《げんかん》スペースがある。

宰川が電気のスイッチを入れると、天井《てんじょう》に吊《つる》されたシャンデリアが眩《まばゆ》い光を床《ゆか》に落とした。

「一階には食堂とキッチン、リビングしかない。部屋は二階にあるから。あと、基本靴《くつ》で生活」

「あ、はい。あの……」

「ん？」

「本当に、僕もここで暮らすんでしょうか」

二十四時間一緒《いっしょ》に過ごせ、なんて、我が母ながらなんて命令をするのだろうと思う。

志月ばかりではない。宰川だって息が詰《つ》まるだろうし、始終そばにいたら、うんざりされてしまうのではないか。

宰川は、だが平然とそうだよ、とうなずいた。

「生真面目《きまじめ》な君が、社長からの命令を無視できるとは思えないけど」

そう言うなり、さっさと玄関スペースの突き当たりにある階段を上りはじめた。慌《あわ》ててついていきながらも、訊ねずにはいられない。

「宰川さんは、嫌《いや》じゃないんですか」

「何が？」

「その、今日初めて会った人間と、ずっと一緒にいることが、です」

本当は初対面ではないけれど、宰川からすれば志月は『はじめまして』の相手なのだから。

宰川はくすりと笑った。

階段を上り終えた先の部屋のドアノブに手をかけた宰川は、志月を振り返った。

「心配性だな、志月くんは」

扉《とびら》を引き開ける。と、同時に志月の手をも摑《つか》んだ。

そのまま室内に引っ張られた志月は、きょとんと宰川を見上げた。

「宰川さん？」

「むしろ君は、繊細でもない俺の神経を心配するより、自分のことを心配した方がいいよ」

「え」

ぐい、と引かれ、あれ？　と思った次の瞬間《しゅんかん》には、やわらかな場所に押し倒《たお》されていた。

部屋の電気は点《つ》けられていないものの、大きく取られている窓ガラスの外から差し込んでくる満月の光が、ぼんやりとだが宰川の表情を志月に見せた。

「……さ、宰川さ、ん？」

近づいてくる。す、と宰川の息が肌に触れ、その呼気が酒の匂《にお》いを孕《はら》んでいることに気づいた志月は、目を瞠《みは》った。

「宰川さん……、酔《よ》って、ますか？」

「酔ってるように見える？」

宰川がどれくらい飲んだのかも、どれほど強いのかも知らない。それに光源は月の光だけだから、宰川の表情の詳細《しょうさい》が見えない。だから宰川が酔っているのかそうでないのか、志月は判断がつかなかった。

男のキスから二度志月の唇《くちびる》を守った宰川の掌《てのひら》が、頬《ほお》に触《ふ》れた。

熱い。

あの俳優が触れてきた時のような嫌悪《けんお》はない。ただものすごい勢いで心臓が鼓動《こどう》を刻みはじめた。

「本当に触《さわ》り心地のいい肌だ。表面に出ている顔がこれほどなら、服に隠《かく》れている肌はどんなに気持ちいい感触《かんしょく》なんだろうな」

宰川の手が、頬から顎《あご》へと滑《すべ》った。

マオカラーの襟元《えりもと》に触れ、服越《ご》しに掌を押し当ててくる。

驚愕《きょうがく》したのは、宰川の手には、まったく嫌悪を感じないことだった。

先刻はあれほど気持ちが悪くて、ぞっとして、悪寒すら走ったというのに。

だが嫌悪を感じないことが、志月をさらにパニックに陥《おとしい》れた。

「宰川さ……」

すう、と降りてくる宰川の顔に、背けることすらできなかった。

息が触れた。それでも動けない。

憧《あこが》れている相手。けれどその感情は、芸能人に対するファン、といったスタンスでしかなかったはずなのに、志月は宰川を拒《こば》むことができなかった。

「――――」

覚悟《かくご》をする間もなく、宰川の唇が志月のそれに、触れた。

最初は、ごく軽い感触。だが呆然《ぼうぜん》としている間に、二度、三度と数を重ね、我に返った時にはすでに、宰川の舌の侵入を許してしまっていた。

苦い。煙草《たばこ》の味だ。

「……っん」

普段《ふだん》接しない煙草の味を知って初めて宰川から距離《きょり》を取ろうと、志月はぎくしゃくと手を動かした。

だがその程度の抵抗《ていこう》では、拒んでいるとすら感じられないだろう。実際宰川のキスは止まることなく、それどころか熱い舌の巧《たく》みな動きに、ぞくりとした。

「……っ」

首を振って唇を外そうとしたが、宰川は志月の顎を軽く押さえて固定し、なおも舌先を奥へと進ませてくる。上顎を辿《たど》られ、舌に触れ、そしてそこをねっとりと舐《ねぶ》られ、官能的な動きが志月の熱をじわりと押し上げた。

志月は普段、ほとんど性の衝動《しょうどう》を感じたことがない。急激な身体《からだ》の高まりに志月が戸惑《とまど》っている間に、宰川の掌が、服越しとはいえ胸に、腹に、脇腹《わきばら》に触れてきた。

「や、……っ、さ、宰川さん、やめてください」

ようやく唇が離《はな》れた途端《とたん》、志月はひどく上擦《うわず》った声で拒絶《きょぜつ》した。

「志月くん、さっき俺が言ったこと、覚えている？」

「な、何を」

「抵抗されると余計に燃えるけど、本気で嫌がってるのとそうじゃないのを見誤るのはみっともない、って」

「……、お、覚えています」

「君がさっきのように、本気で嫌がっているようには見えない」

「——そ」

「だから、志月くん。俺はやめてあげられない」

「……」

絶句する志月を見つめる宰川の瞳《ひとみ》は熱っぽい。今のキスで、身体が臨戦態勢に入ったに違《ちが》いなかった。

ちゅ、と可愛《かわい》い音をさせて、再びキスをされた。同時に宰川は、ずらりと並ぶスーツのボタンを、ひとつずつ外してゆく。

志月は慌てて手を突《つ》っ張《ぱ》らせるが、その程度では宰川を止めることは難しかった。

「宰川さん、やめてください……」

「じゃあ俺を突き飛ばしてごらん。思いきりすれば、この難解なボタンを外しきることはできないから」

「……」

「ボタンを外し終えたら俺の勝ち。君の肌《はだ》に触らせてもらおう。俺を突き飛ばせたら君の勝ち。すぐに君の泊《と》まる部屋に案内してあげよう」

にっこりと笑われた。

そんな、と言葉を失った志月だったが、宰川が早速ボタンをひとつ、ふたつと外していくのを感じるとどっと冷や汗《あせ》をかいた。

「宰川さんっ！」

「普段うつむいているから聞こえづらいけど、志月くんって、結構滑舌《かつぜつ》はっきりしているね。なんかやってた？」

ぎくりと肩《かた》が震《ふる》え、だがすぐに首を振《ふ》った。

「してません」

「そう？　声の質もいいし、もったいない」

「も、もったいないって、……」

「四つめ、外したよ。あと六つ。――抵抗しないの？」

「し、してますっ！」

手を突っ張らせたり、宰川の指を叩《たた》いたり。ただそれが宰川にとっては抵抗になっていないだけのことで。

「五つめ。本気でやってる？」

「やってます……！」

けれど死《し》に物狂《ものぐる》いで抵抗しているかと訊《き》かれれば、志月は言葉を詰《つ》まらせただろう。

だって、相手は宰川脩なのだ。

デビューした頃《ころ》からずっとファンだった男を、どうして邪険《じゃけん》にできよう。

たとえ宰川が酔っていて、半ばからかい交じりであったとしても、彼を蹴《け》ったり殴《なぐ》ったりなど、志月にできるはずがなかった。

それを抗《あらが》っている『ふり』、と言われてしまえば、心外だがそう思われても仕方がない。

とはいえ、志月は猛烈《もうれつ》に焦《あせ》っていた。

宰川の指が七つめのボタンを外し、いよいよあと三つしか残っていない。

志月の焦りを知っているだろうに、宰川はときおりボタンを外す手を止めて、戯《たわむ》れにあちこちに触れてくる。やわらかなタッチは、志月に嫌悪よりくすぐったいような心地好《ここちよ》さを感じさせた。

触れられるたびにびくつく身体がおかしいのか、宰川は機嫌《きげん》よく笑う。

「ホント、可愛いな。物慣れていない反応が、すごくいい」

「宰川さん、……も、本当に……」

「やめてほしいならもっと抵抗して」

指先が、胸元《むなもと》に触れた。シャツ越しに、乳首《ちくび》に触れると、くるりと撫《な》でてくる。

「……ぁっ」

ぴり、と走った感覚に思わず声をあげてしまった志月は、慌《あわ》てて唇を手の甲《こう》で塞《ふさ》いだ。

「いい声」

宰川の官能を纏《まと》わりつかせた低音の方が、ぞくぞくと震えがくるくらいいい声だった。

「ん、……や……っ」

刺激《しげき》を受けて尖《とが》りはじめた胸の先端《せんたん》を、今度は唇に含《ふく》まれた。布一枚を隔《へだ》ての愛撫《あいぶ》なのにびっくりするくらい感じて、身体が自分のものではないようだ。

「宰、川……さ……」

きゅっと吸い上げられて、腰《こし》が跳《は》ねる。

「反応いいね。ずいぶん敏感《びんかん》なんだな」

恥《は》ずかしい、恥ずかしい……！

泣く寸前のように、目の縁《ふち》が熱い。全身から汗が噴《ふ》き出して、肌を隠す衣服に違和《いわ》を感じる。脱《ぬ》いでしまいたいほどの熱を籠《こ》もらせた身体が、ひどく疎《うと》ましかった。

「九つめ」

胸元に唇《くちびる》での愛撫を施《ほどこ》しながら、宰川は器用にボタンを外し続けていた。

残っているのは、あとひとつしかない。

震える指を伸《の》ばして宰川を制しようとしたのに、微《かす》かな音が、ボタンがすべて外されたことを志月に知らせた。

「全部外したよ」

宰川は顔を上げ、志月を覗《のぞ》き込んできた。

「──ぁ」

大きく目を見開き、唇を戦慄《おのの》かせる志月をどう思ったのだろう、宰川はふと目を細めた。

「俺の勝ち」

すい、と顔が寄せられて、もう何度目か分からない口づけを与《あた》えられる。

煙草の味のキスにも違和を感じなくなり、あっという間に宰川の唇の味も感触《かんしょく》も受け入れてしまった己《おのれ》の順応の早さに愕然《がくぜん》とする。

身体が宰川から与えられる刺激を悦《よろこ》んでいる。キスも、衣服越《ご》しに触《ふ》れられることも、胸の先端を唇で含まれるのも、そのすべてを。

だが深いキスを与えながら、宰川の掌《てのひら》が脇腹を撫で、さらに下方へと進んで行くにつれ、志月は今までにないほどかたく身体を強張《こわば》らせた。

下腹部に指先の感触を覚えた瞬間《しゅんかん》、志月の双眸《そうぼう》から涙《なみだ》が溢《あふ》れ、雫《しずく》となってぽろぽろと零《こぼ》れ落ちた。

「……っ」

ひく、と震える喉《のど》を感じたのだろう、宰川は唇を外した。そして涙を零す志月を見るなり、少しだけ困ったような顔をして笑った。

「怖《こわ》い？」

「さ、宰川さ……」

喋《しゃべ》ろうとしたら、しゃくり上げるようなみっともない声が出てしまう。慌てる志月の髪《かみ》をゆっくりと撫で、宰川はくすくすと笑《え》みを零した。

「どうしてくれようかなあ、この子は。泣いても普通《ふつう》はやめてあげられないもんだし、泣き顔も可愛いからいっぱい泣かせたい気もするんだが」

「………」

なんだかとても恐《おそ》ろしいことを言われているような気がするのに、宰川の声音《こわね》はあくまでも優《やさ》しかったから、志月はただひたすら彼を見続けていた。

「だけど」

ふと生真面目な顔をして、宰川が近く覗き込んできた。

何かを言いかけ、だが宰川はそのまま口を噤《つぐ》んだ。

「宰、川さん……？」

瞬《まばた》きをした拍子《ひょうし》に、目の縁に溜《た》まっていた涙がまたひと粒《つぶ》ころりと落ちた。

涙の跡《あと》を指先で拭《ぬぐ》い、さらに髪を撫でる。

優しい指先に恐怖《きょうふ》は感じない。けれどつい先刻の宰川の宣言——ボタンを外し終えたら俺の勝ち、という言葉に、どうしても身が強張ってしまう。

だが宰川はごくあっさり志月の上から退くと、隣《となり》に身を横たえた。

長く逞《たくま》しい腕《うで》に引き寄せられ、胸に頬《ほお》を押しつける形を取らされた志月は、そろりと宰川を見上げた。

「宰川さ……？」

ただ抱《だ》きしめる腕は、もうこれ以上のことはしないと言っているようだ。けれどつい先刻まで肌に触れると言っていたのにと、志月は不思議に思う。

もちろん、このまま何もせずにいてくれる方が嬉《うれ》しいのだが、宰川がなぜ突然行為《とつぜんこうい》を中断したのか、その理由が分からないから居心地が悪い。

そんな疑問を持っていることを察したのか、宰川はちょっと乱暴に志月の髪をくしゃくしゃとかき回した。

「宰川さん……っ」

「やっぱり前に会ってないか？　泣き顔、見たことがあるような気がするんだが」

「――」

『悪かったな、遅《おそ》くなって』

再びあの時の彼の言葉を思い出す。

今とは違《ちが》う力加減で志月を抱きしめてくれた、優しく、強く、心底安心できる腕。

「駄目《だめ》だ、思い出せない」

うーん、と首をひねる宰川へ、志月は会ったことがありますと、やはり言えなかった。

腕の中でじっと身を竦《すく》めていると、思い出そうという努力を諦《あきら》めたらしい。あらためて志月を抱きしめてきた。

「あの」

「ん？」

「今夜は、その、このまま、ですか？」

できたらベッドから出たいのだがと控《ひか》えめに申告すると、すぐさま駄目、と返された。

「君が泣くことは、今夜はもうしないから、黙《だま》って抱き枕《まくら》になってなさい」

「……今夜、は？」

「そこに突《つ》っ込むか」

顔は見えないが、にやりと唇を歪《ゆが》めたようだ。声が笑《え》みを含んでいる。

「俺は気に入った人間を可愛《かわい》がることが好きなんだ」

「……は、い」

「で、俺は志月くんのことが気に入った」

「……」

「だから明日も君を可愛がろう」

それはつまり、明日も今夜のようなことをすると、そういうことか……！

慌てて手を突っ張らせて宰川を見上げるなり、待ち構えていた唇に強襲《きょうしゅう》された。

ちゅ、と可愛い音が互《たが》いの間で響《ひび》く。志月の驚《おどろ》いた顔を見て、

「ホント、可愛い」

そう言い、宰川は朗《ほが》らかに笑ったのだった。

二　ずるい人

カーテンが閉められていない窓から、朝日が差し込んでくる。秋のやわらかな陽射《ひざ》しは、部屋の全貌《ぜんぼう》を志月に見せた。

広さは八畳《じょう》ほどだろうか。今ふたりが横になっているベッドと、サイドテーブル、その上のランプのほかは何もなかった。

志月はそろりと宰川の寝顔《ねがお》に目を向けた。

眠《ねむ》っていても絵になるな、とうっとり見惚《みと》れかけた志月だったが、同時に昨夜のあれこれを思い出して、羞恥《しゅうち》に目の縁《ふち》が熱くなった。

恥《は》ずかしいだけ、というのが問題だった。

志月は人に触《さわ》られることが好きではない。なのに宰川の手や唇に触れられるのは嫌《いや》ではない、ということが、なんだか大変な問題のように感じられる。

昨夜志月を抱きかかえたまま、宰川はものの五分で眠りについた。ずいぶんと寝つきがいいのだなとびっくりした志月には、もちろんそう易々《やすやす》と安らかな眠りは訪れなかった。だが宰川の微《かす》かな寝息と温かな体温、それに押しつけられた胸から聞こえてくるゆっくりとした鼓動《こどう》が、次第《しだい》に志月に安堵《あんど》を齎《もたら》していった。

相手は眠っているのだ。ならば怖がらなくてもいい。

そう思うと、がちがちに強張っていた身体《からだ》から、少しずつ力が抜《ぬ》けてゆき……やがてやってきた眠りに、素直に目を閉じた。

朝、陽射しに誘《さそ》われて目を覚ました志月は、熟睡《じゅくすい》した己《おのれ》に驚いた。

「……結構図太かったのかな、僕は」

こんな状態で寝入ってしまうなんて。

小さくごちるなり、緩《ゆる》やかに身体に絡《から》まっていた宰川の腕に力が込められた。

ぎく、と肩《かた》を聳《そび》やかすと、

「今のは独り言？」

寝起きのため掠《かす》れた声がひどく色っぽくて、しかもその声を耳元で聞いてしまった志月は、俄《にわか》に心音を高鳴らせた。

「おはよう、志月くん」

「おはようござ……」

挨拶《あいさつ》とともに、軽《かろ》やかに唇《くちびる》を奪《うば》われる。

悪戯《いたずら》っぽく覗《のぞ》いてくる双眸は、声同様いつもよりやわらかな光を宿していた。優しい、と言ってもいいような瞳《ひとみ》に目を奪われていると、再びキスをされてしまった。

「……っ」

起き抜けにキスだなんて、初めて恋人《こいびと》として朝を迎《むか》えたとか新婚《しんこん》夫婦とか、親密なカップルのようではないか。

だがその想像すらも恥ずかしくて、じわじわと頰に熱を上らせる志月を、余裕《よゆう》のある宰川は面白《おもしろ》そうに見物していた。

昨日一日中一緒《いっしょ》にいたし、夜には同じベッドで寝さえしたのだ。ほんの少しではあるが宰川に対して耐性《たいせい》がついた志月は、意を決して彼と目を合わせた。

「さ、宰川さん。あの、こういうことは想《おも》いを告げ合った恋人同士がすることであって、僕たちがするのはおかしいと思います」

「志月くんは俺のこと嫌《きら》い？」

「そんなわけないじゃないですか……！」

ファン歴何年だと思っているのか、と言いかけたが、墓穴を掘《ほ》る気がしたから危うく口を噤む。

「俺も志月くんのことが好き。だから問題ないんじゃない？」

にっこり笑われてしまえば、早くも撃沈《げきちん》され、志月にはもう打つ手がなかった。

所詮《しょせん》宰川に敵うはずがないのだ。志月にしてみれば渾身《こんしん》の苦言だったのに、宰川は痛くも痒《かゆ》くもなく、今だって平然としている。

「ところで志月くん、飯、作れる？」

「食事、ですか……。大したものは作れませんが、少しでしたら」

「飯と味噌汁《みそしる》くらいでいいんだけど」

それくらいなら、とうなずくと、ありがたい、と宰川は破顔した。

「お味噌汁、好きなんですか？」

「向こうに行く前は、別に日本食が好きってわけじゃなかったんだが、段々飯と味噌汁が恋《こい》しくなってきてな。もちろん向こうでも和食レストランはいくらでもあるんだが、好みに合わなくて、帰ってきてからは専《もっぱ》ら和食ばかり食ってる」

でも自分で作ってみたんだが美味《うま》くないんだよとため息をつく宰川が、なんだか可愛かった。

「御期待に副《そ》えるか分かりませんが、がんばります」

頼《たの》むよという言葉とともに、またしても唇を奪われた。

朝ご飯のメニューとかキスとか、なんだかもう本当に新婚のようだ。志月は恥ずかしくてたまらず、早々にベッドから飛び起きた。

「朝食の用意をしてきます」

「ああ、志月くん朝飯のあと事務所に行ったら、今日はデートをしよう」

「……はい？」

「しばらく仕事するなって言われてるから暇《ひま》なんだよ。家に籠《こ》もっているのもつまらないし、一緒にどっか行こう」

な、と魅力《みりよく》的な笑顔で誘う宰川を拒《こば》めるはずもなく、志月はどきどきしながら小さくうなずいた。

◆　◆　◆

行動力溢《あふ》れる宰川はちっとも家にじっとしておらず、毎日どこかしら外出する。ここ数年都内を出歩いたことがなかったのだと言って、繁華街《はんかがい》や神社仏閣など、人の多いところにも平気で足を運んだ。

宰川のマネージャーについてから数日、志月はハラハラしどおしだった。人の多いところに出掛《でか》けて、ファンや野次馬たちに囲まれたらどうしたらいいのだろう、と。非力な自分では宰川を守れない。守るどころか足手まといになること請《う》け合いだ。誰もが宰川を見ている。サングラス程度ではとても変装をしているとはいえず、周囲の人々はすぐ彼が宰川脩だと気づいた。

ざわ、と周りがどよめく気配が伝わってくる。

「志月くん、背筋を伸《の》ばしてうつむかない。地面じゃなくて前を見る。歩調を乱さない。ゆっくりでいいから」

うつむいて早足になる志月の肘《ひじ》を掴《つか》んで、宰川は噛《か》んで含《ふく》めるように告げた。

その言葉を自ら実践《じっせん》する宰川に、不思議なことに誰も声をかけようとしない。

彼の数歩後ろをついてゆく志月は、その理由にすぐ気づいた。

声をかけたくてもかけられないのだ。

その場にいる人間の視線を独《ひと》り占《じ》めしながら、近寄れない、近寄ってはいけないと思わせる。圧倒《あっとう》的な存在感にただただ見惚れ、そばに行きたいけれどあまりにも近寄りがたい。だから遠巻きに見られただけで半ば満足するのだろう。

「……」

背筋を伸ばしてうつむかない。

宰川の言葉を実践すべく、志月は腹に力を入れて真っ直《す》ぐ立った。地面は見ない。前を見る。

宰川が振《ふ》り返る。真っ直ぐ前を見る志月に気づいて、満足そうに笑った。

おいで、と唇が動く。わずかな躊躇《ためら》いを胸の底に押し込め、宰川の隣《となり》に並んだ。

「そうやってちゃんと立ってると美人度が増すな。眼鏡《めがね》、外さない？」

「……それは勘弁《かんべん》してください」

「顔を隠《かく》すのが趣味《しゅみ》か。今日最初に行くのは眼鏡屋だな」

「どうしてです？」

「眼鏡を外したくないなら、もっと似合うやつをプレゼントしてやるよ」

結構ですと言ったのに宰川に腕《うで》を引かれ、志月の顔によく似合う眼鏡を与《あた》えられてしまった。

野暮ったいフレームのものから流行のスタイリッシュなものに変えられては、眼鏡をかけている意味がなかった。志月が眼鏡をかけるのは、ただ自分の顔を少しでも隠したい、という理由からなのだから。

それでも、憧《あこが》れの宰川によく似合うよとにっこりされれば、ひっそり生きていきたい志月でさえ、心の内がやんわりと和《やわ》らいでゆく。

「……ありがとうございます」

軽く変身した志月を連れて、宰川は昨日は六本木《ろっぽんぎ》、今日は浅草《あさくさ》、次は水族館と、連日出掛け倒《たお》す。

この行動力は凄《すご》すぎると、普段《ふだん》インドア派の志月は毎日ついて行くだけで精いっぱいだった。

だがそうやって遊び回っていても、夜はきっちりと自宅に戻《もど》る。夕食も外食ではなく、志月の手作りを宰川は望んだ。

料理が得意というほどではないし、レパートリーも多くない。それでも、美味《おい》しいものなど飽《あ》きるほど食べているはずの宰川に、たとえお世辞でも美味《うま》いよとにっこり笑われたら、出来得る限り彼の望みを叶《かな》えたいと思う。宰川のためならばと、そう思ってしまうのだから自分も大概《たいがい》だ。

ただ、合間の過剰《かじょう》なスキンシップだけはどうにかしてもらいたかった。

初日の、志月にとっては濃密《のうみつ》な行為《こうい》、宰川にしてみれば他愛《たあい》ないスキンシップは、ことあるごとに繰《く》り返された。

キスなんて毎日回数を忘れてしまうほどの頻度《ひんど》でされるし、直接触《ふ》れられたことこそなかったが、服の上から肩《かた》や二の腕、胸元《むなもと》や脇腹《わきばら》、背中、腰《こし》と、折にふれ軽く触れてくる。

そのことにいちいちびくびくする自分も嫌《いや》だった。

「宰川さん、あの、僕の部屋を用意してくださっているんでしたよね？」

志月が勇気を出してそう訊《き》いたのは、一緒に暮らすようになって五日目のことだった。

日中は朝から晩まで出掛け、いざ眠《ねむ》る段になると、志月は毎夜宰川の寝室《しんしつ》に引っ張り込まれていた。

抱《だ》き枕《まくら》にちょうどいいな、と褒《ほ》め言葉とはとても思えないことを言われて。

「んー？　このベッドじゃ狭《せま》いか？」

「そうではなく……っ、この前も申し上げましたとおり、同じベッドで眠る必然性が僕には分からないんです」

「だって志月くん、抱き枕にぴったりだし」

「僕は枕じゃありません」

すると宰川はにやりと笑った。

「抱き枕が嫌だって言うなら、恋人《こいびと》にでもなるか？」

「……っ、宰川さん！」

宰川は、始終こんなことを言って志月を困惑《こんわく》させる。からかわれていると承知していても、宰川の口から『恋人』などと言われたら、どうしたって赤面してしまう。

「志月くんが抱き枕役に徹《てっ》してくれてるから、今は外に出る気にならないだけなんだが」

宰川の言う『外に出る』は、単純に外出という意味ではなく、そういった相手を探しに行く、ということだろう。

「……宰川さんは、他人と一緒《いっしょ》に寝《ね》て、怖《こわ》くないんですか？」

恋人でもない人間をベッドに引き入れようとするなんて、志月の道徳観念からはとても考えられない。

どうしてこんなに簡単に、他人に触れられるのだろう。

よく知りもしない人を、怖い、とは思わないのだろうか。

ぽつりと呟《つぶや》いた志月の問いに、宰川はほんのわずか、黙《だま》り込んだ。

「志月くんは怖い？」

「……」

「俺も、怖い？」

志月はそっと宰川に視線を向けた。

宰川は——怖い、というよりも。

「……恥《は》ずかしい、んです」

囁《ささや》くように、そう言った志月を見る宰川の双眸《そうぼう》が、驚《おどろ》きにだろうか、見開かれた。だがその驚きはあっという間に去ったのか、宰川はすぐに笑顔《えがお》を見せた。

「あまりこういうことに慣れてないし……、その」

「こういうことって、人と一緒に寝ることが？」

それもあるし、それ以前に人と触れ合うこと自体、志月は滅多《めった》になかった。なかったというより、意識して避《さ》けていたのだから、こういった経験が皆無《かいむ》であるのも当然だろう。

二十四にしてこの体《てい》たらくでは、宰川に呆《あき》れられてしまうに違《ちが》いない。だが志月の予想を大きく裏切り、宰川はやけに楽しげな表情をしてみせた。

「夏英さんの子供なのに、本当に君は奥ゆかしくて可愛《かわい》いな」

それは褒め言葉なのだろうか。そうとは感じられなかった志月だったが、宰川は笑みを浮かべたまま志月を覗《のぞ》き込んでくる。

近い距離《きょり》に半ば退きかけたが、後頭部に回った宰川の大きな掌《てのひら》が、後退することを一ミリも許さなかった。

「羞恥心《しゅうちしん》っていうのは慣れていく毎《ごと》にどんどんなくなっていくものだって知ってる？」

「あの、別に慣れなくても僕は」

「俺が慣れるようにしてあげるよ」

「け、結構です……っ」

「そんなに俺に慣れるのは嫌？」

演技に違いないと分かっていても、トーンの落ちた声を聞かされれば志月とてそれ以上強く嫌だとは言えない。

「宰川さんが、嫌というわけではなくて」

「じゃあ問題ないだろう？」

「お、大ありですよ……！」

大きく首を振るのに、宰川からの攻撃《こうげき》はずるいほど鮮《あざ》やかだった。

「君が付き合ってくれないなら、ほかを当たるしかないんだが、どうする？」

軽い口調で一番言われたくないことを告げられて、志月は押し黙った。

宰川が誰かと濃密な時間を過ごす……。想像しただけなのに、志月の胸はキリ、と痛んだ。

宰川の恋人でもない自分が、傷つくなんておかしい。

自分は宰川の演技に魅了《みりよう》されているだけの、単なるファンだ。

本来ならばこんなに近くにいられるはずもない相手なのに、何を考えているのだろう。

「志月くんがおとなしく、夜はこのベッドで寝るって言うなら、どこにも出掛《でか》けないよ」

やわらかな手つきで髪《かみ》を撫《な》で、優《やさ》しく囁く宰川を、志月はずるい人だと思った。

遠くで見ているだけで満足していたのに。自分のことなど知らなくてよかったのに。

視線を向けられて、触れられて、ずっとともに過ごして。

こんな時間を持つのは、今ひと時だけだ。──でもこの日々は紛《まご》うことのない現実で、志月の内に一生残るに違いない。

「どうする？　ベッドから出るか？」

あらためてそう問う宰川の声はからかい交じりで、志月は意地悪な人だと悔《くや》しくなる。それでも、ふるりと首を横に振《ふ》ると、宰川はふっと息だけで笑った。

「本当に志月くんは真面目《まじめ》な子だ」

宰川から離《はな》れず、誰かが近寄ってこないよう見張っていろという夏英の命令を忠実に守っているようでいて、本音は違《ちが》う。

志月はほかの人間を、宰川に近付けたくなかった。

触れられるのは恥ずかしいし困ってもいる。けれど同時に自分に触れている間、宰川はほかの人間を抱くことはない。

遠くでひっそり見つめていたい。そう思っていたはずなのに、次第《しだい》に自分は強欲《ごうよく》になってしまったのではないか。

戯《たわむ》れに触れてくる宰川の手、唇《くちびる》、重ねられる身体《からだ》……。

ともにいる時間が志月の心に欲の種を蒔《ま》いて、いつの間にか芽を出していた。

枯《か》らそうとしても枯らせない、それどころか日をおうごとに生長してゆく感情だった。

宰川のそばにいたい、とおこがましくも願ってしまう。

「触《さわ》られることにずいぶん慣れたみたいだな。前はもっと強張ってたけど」

それは宰川が毎日触れるからだ。

それまで意識して他人との触れ合いを避けていたのに、ここ何日かで、刺激《しげき》に対する反応が変わってしまったように思う。

「このまま続ければ、恥ずかしいことにも慣れるよ」

だから慣れたくなどないのに。そう思っていても、キスをされれば志月が意図する前にゆるりと綻《ほころ》び、彼の舌を受け入れようとする。服越《ご》しとはいえ触られれば、肌《はだ》は熱を籠《こ》もらせる。

深い口づけを受けながら、すぅ、と胸元を指先で辿《たど》られると、触れている個所すべてが、ジンと切ない痺《しび》れを訴《うった》える。

弄《いじ》る指は、決して突飛《とっぴ》な動きはしない。ただ志月が刺激を得てびくびくと震《ふる》えるのを、宰川は大人《おとな》の余裕《よゆう》で楽しんでいるようだった。

宰川からすれば、これは単なるお遊びなのだろう。自身はまったく衣服を乱さず、直接志月の肌に触れようともしない。

恐《おそ》らく初日に志月が泣いたことが原因なのだろうが、それにしてもこんな触れ合いだけで、宰川はいいのだろうか？

それを訊《き》いてしまうと、自分の首を絞《し》めることになるだろうから決して言えないが、どうにもそれが不思議だった。

それもやっぱり大人の余裕だろうか？

だが、

「……、ん……？」

するすると滑《すべ》る指が、どんどん下方に向かってゆく。そしてシャツの裾《すそ》をめくると、手を中に差し入れてきた。

「……っ」

肌を触られたのは今夜が初めてで、だから志月は驚愕《きょうがく》のあまり、危《あや》うく宰川の舌を噛《か》みそうになる。気づいた宰川が舌を退き、唇をも浮《う》かせた。

「さ、宰川さん……っ」

「触られることに慣れただろう？」

笑みを浮かべながらのセリフに、志月はサッと身を強張らせた。

「さ、触るんですか……!?」

くす、と宰川は笑い、肌を直《じか》に撫で擦《さす》った。

志月が感じる胸の先端《せんたん》にそっと指を載《の》せ、ゆっくりと押し潰《つぶ》していく。

「ん……、ゃ、……」

「色っぽい声」

そんなこと言われたくないと唇を嚙みしめたら、途端《とたん》に乳首《ちくび》をきゅっと摘《つ》まれ、自分でも初めて聞くような、悩《なや》ましい声をあげてしまった。

「や、ぁあ……っ」

「志月くんの声に、ほら」

宰川は志月の手を摑《つか》むと、ナチュラルに己の下肢《かし》へと掌を触《ふ》れさせた。

「——」

「とりあえず俺も普通《ふつう》の男なんで、こうなるのも当たり前かと」

「……」

「触れる？」

男としての色気が、声に、表情に滲《にじ》んでいる。

欲情しているんだよと示されて、志月はもうどうしていいのか分からなくなった。

この、掌が触れているところをどうしたらいいのか。怖《こわ》くてぴくりとも動かせない。

「あ……」

「自分でするだろう？　同じようにしてみて」

「あ、あまりしないので」

羞恥《しゅうち》のあまり正直にそう言うと、宰川はぽかんとして志月を見下ろした。そして、

「すごいな、君みたいな子って本当にいるんだ」

そう言うと、くすりと笑った。それは嘲笑《ちょうしょう》しているのではなく、ひどく楽しげなもので、志月はその笑顔を目にしてふと嫌《いや》な予感を覚えた。

「じゃあ俺が教えてやろう」

「け、結構です……！」

「遠慮《えんりょ》しないで、ちゃんと覚えておくといい。いつか役に立つよ」

「いいです、いいですっ……て、宰川さ……、あっ」

胸に触れていた手が一気に下に移動し、宰川は志月の前へ掌《てのひら》を押し当てた。

「や、やめてくださ……っ」

「でももう熱っぽい。直接触ってもいい？」

「だ、駄目《だめ》ですっ、駄目だってば……！」

ぎゅっと両脚《りょうあし》を捩《ねじ》らせてぴったり膝《ひざ》をつけたのに、宰川と自分とでは力の差は歴然だった。

あっさり開脚《かいきゃく》させられると、パジャマを下ろされそうになって――。

「やめてください宰川さん……っ！」

思わず悲鳴が喉奥《のどおく》から溢《あふ》れ出した。

「いつから君は強姦《ごうかん》するような下劣《げれつ》な男になったのかな」

「――」

それは初めて聞く声だった。

自分のものではないし、もちろん宰川のものでもない。

宰川にのしかかられ、半裸《はんら》という状態のまま、志月がそろりと声のした方に目をやると、

「高坂《たかさか》？」

上に乗る宰川の口から、名前が出た。

「よう、久しぶり脩。おまえ強姦はやめとけ。せっかくこれから日本映画復帰一作目を撮《と》るっていうのに、訴えられたら俺が困っちゃう」

小柄《こがら》で眼鏡《めがね》をかけ、腕組《うでぐ》みをした男が、そう言ってにこりと笑った。

◆◆◆

「来るなら来ると事前に連絡《れんらく》してくれ。しかも鍵《かぎ》。どうしたんだよ」

「電話嫌《ぎら》いなの知ってるだろ？　鍵は大学の時に預かったまま返し忘れてたのを使わせてもらった。いつか返そうとずっとキーホルダーにつけてたんだ。あ、ありがと」

そっとコーヒーを差し出すと、男は唇《くちびる》を綻ばせ、早速コーヒーをぐいぐい飲む。

一気に飲めるほど温《ぬる》くはないはずなのだが、猫舌《ねこじた》ではないらしい。

「うん、美味《うま》いね。俺コーヒーはモカが一番好きなんだよ。これ、モカだろ？」

「……キリマンジャロです」

「あれ？」

首を傾《かし》げる男の前に座った宰川は笑い出した。

「出たよ、味覚オンチが」

「あ、君、行かないで脩の隣《となり》に座って」

リビングから出ようとした志月を止めたのは、宰川ではなく男だった。

なぜ自分がと思ったし、先刻とんでもない醜態《しゅうたい》を見せたことから、できるだけ男の目に触れたくなかったのだが、呼び止められては仕方がない。

おずおずと宰川の隣に腰《こし》を下ろした。

「どうもはじめまして。高坂光喜《みつき》です」

「――高坂さん、……映画監督《かんとく》の!?」

「あれ、知っててくれたんだ。俺って結構有名人？」

嬉《うれ》しそうに笑う男――高坂の、意外なほどのフレンドリーさにも驚《おど》いた。

高坂光喜といえば、若手映画監督の中でも特に有名なひとりだ。

三年に一度というペースで作られる映画には熱烈《ねつれつ》なファンがついていて、二年前に日本アカデミー賞候補にも上ったことがあった。その中で監督賞を受賞したはずだと、志月は記憶《きおく》していた。

彼の亡《な》き父もまた名監督だ。カエルの子はカエル、彼の実力は折り紙つきという評価を得ていた。

「俺と高坂は大学時代の同期、というか、こいつ俺より三つ年上なんだが、映画作りにのめり込んで、三年留年したんだよ」

からかうように宰川に笑われ、高坂はばらすなよと苦笑《くしょう》した。

宰川より三歳年上と聞いて、志月は唖然《あぜん》とした。

とても三十代半ばには見えなかった。

志月より背が低く、また体つきもほっそりしている。ふわふわとした髪《かみ》、そして顔立ちはといえば、二十四の志月と同級生と言ってもうなずけるほどの童顔だったのだ。

大きな瞳《ひとみ》は好奇《こうき》心に満ちていて、恐《おそ》らくその瞳こそが、彼を相当若く見せているのではないかと志月は思った。

「君は、脩の恋人《こいびと》って感じじゃないけど」

「……マネージャーです」

「へえ。名前、訊いてもいい？」

「失礼しました、名刺《めいし》は今手元にないのですが、狩野志月と申します」

「狩野。もしかして狩野将吾《しょうご》の弟さん？」

「兄をご存じですか？」

自分と兄は、まるで違《ちが》う造作だ。よく気づいたなとびっくりしていると、

「んー、まあね。ちょっと前に一緒《いっしょ》に仕事したし。それに将吾くんのお母さんが、宰川の所属プロダクションの社長ってことは知ってたから。で、君も狩野、でしょ。もしかしたらって思っただけ」

「狩野将吾？」

首を捻《ひね》っている宰川に、高坂が簡単に説明する。

「おまえが渡米《とべい》したあとに出てきた役者さんで、舞台《ぶたい》俳優だよ。最近コマーシャルなんかにも出てて、人気急上昇中ってところかな」

へえ、とうなずく宰川から、高坂は志月へと視線を向けた。

「志月くん、て呼んでもいい？」

「はい」

「君、芝居《しばい》に興味ない？」

にっこり無邪気《むじゃき》に首を傾《かし》げられて、志月は息が止まった。

「……え？」

「や、身近な人がやっていることって、結構興味を持つものじゃない？　ほら、ウチみたいに

さ」

「おまえそれは強引《ごういん》な考えじゃないか？　まあ俺も志月くんは役者としていいと思うがな」

「だろ？　すごい雰囲気《ふんいき》あるんだよね。こう、カメラを向けたくなるっていうか」

「――興味はありません」

ふたりで盛り上がるところを、志月はきっぱりと言い切った。その、常とは違《ちが》う声音《こわね》に宰川は驚いたようだ。目を瞠《みは》って志月をまじまじと見つめる。だが前に座る高坂は軽く肩《かた》を竦《すく》め、そっか、と軽くうなずくだけだった。

「ちょっと聞いてみただけ。気を悪くしたらごめんね」

「……いえ。僕こそすみません」

少しだけ気まずい空気が流れ、志月は己《おのれ》の失言を呪《のろ》った。

どうしてもう少し軽く返事ができなかったのかと、後悔《こうかい》が胸の内に溜《た》まる。

「で、おまえなんでわざわざウチまで来たんだ？」

場を取り成すように、宰川が話題を変えてきた。高坂はそれにすぐ乗り、パッと顔を輝《かがや》かせた。

「これを見ろ！」

そう言って高坂が颯爽《さっそう》とバッグの中から取り出したのは、紙の束だった。

「台本か？」

「まだ決定稿《けっていこう》じゃないけどね。読んでみろよ～、渾身《こんしん》の力作だぞー」

「……おまえが言うと、なんか胡散臭《うさんくさ》いな」

そう言いつつも、宰川の手は早速台本をめくり始めた。

芝居に興味がないと言ったのに、それがなんの台本か気になって、志月は文字の羅列《られつ》を横目で見た。

「――――」

だがト書きにあったふたつの名前が目に入った途端《とたん》、ハッと瞠目《どうもく》する。

「『逃走者《とうそう》』のその後の話だよ」

静かに発せられた高坂の声、その内容に、こくりと喉《のど》が鳴った。

「逃走者の……」

「そう。十一年前、俺の親父が撮った映画。脩のデビュー作であり、伝説のモデル『篝』が出演した、最初で最後の映画だ」

三　未練

映画『逃走者』は、ヤクザ映画の巨匠《きよしょう》と言われていた、鬼才《きさい》高坂隆司《りゅうじ》監督がメガホンを取った作品だ。

　彼にしては異色作だが、同時に名作と言われている。なぜ異色作なのかといえば、通常彼が監督した作品のほとんどは、たとえば暴力団の組長や若頭といった男たちが主役を務めていたのだが、この作品はまったく違っていたからだ。

主人公はヤクザになりたてのチンピラと、組長の愛人の子供で、まだ十二歳の少年のふたり。

チンピラの名はアキラ。組長の息子《むすこ》は万里《まり》という。

　このふたりが、命を狙《ねら》われながら逃走し、ギリギリの死線を越《こ》えて強い絆《きずな》を得てゆくというストーリーで、アキラを宰川脩が、万里を、篝が演じた。

　厳冬の北海道から首都東京まで、ふたりの旅は困難を極め、時に喧嘩《けんか》をし、時に助け合いながら、命を狙う男たちから逃げ延《の》びる。スリリングでスピード感に溢《あふ》れ、それでいてチンピラと子供の交流を繊細《せんさい》に描《えが》いた作品だ。

「逃走者の、その後って……」

「あ、映画の方は興味ある？」

勢い込んで身を乗り出すと、高坂は嬉々《きき》として話しはじめた。

「舞台は逃走者から十五年後の現代。アキラは三十六歳で万里は二十七歳だね。アキラは組で若頭にまで出世してて、万里と同居してるんだ。万里の方はといえば、父親のヤクザ稼業《かぎよう》を嫌《きら》って起業してて、そこそこ裕福《ゆうふく》な暮らしをしている。アキラはね、組内では次の組長にという呼び声も高いんだけど、自分の上は万里しかいないって思ってて、まあその説得のためっていうのと護衛も兼《か》ねて、一緒に暮らしてるんだ」

滔々《とうとう》と話す高坂の言葉を聞くうちに、志月の胸がずきずきと痛んだ。

『逃走者』のその後。

そんなものが、この世に誕生するなんて。

信じられない思いで、台本をめくる宰川の手元を見つめる。

ときおり目に飛び込んでくる、アキラや万里という名前。

その名前を再び目にすることになるとは……。

「これ台本。よかったら読んでみて」

「……僕は結構です」

「そう言わずに。脩の日本での復帰一作目になる映画だ。マネージャーの君も読んでいてほしいな」

「……」

押しつけられるように手にした台本の感触《かんしょく》に、志月はそっと吐息《といき》をついた。

「脩、どうせクランクインまでヒマなんだろ？　今のうちにイメージ膨《ふく》らませといて。それと、分かってると思うけど小道具や衣装も用意しておいてね」

「ああ」

台本読みに没頭《ぼっとう》している宰川だったが、小さく返事をした。

「じゃあ、俺帰るよ。どうもお邪魔《じゃま》さま」

あっさりと席を立つ高坂を、だが宰川は見送ることもしない。慌《あわ》てて志月が立ちあがり、玄《げん》関《かん》までついてゆく。

「あの……、いつから撮影《さつえい》に入るんですか？」

「来月に入ってからだね。えーと、一ヵ月後くらいかな」

そうですか、とうなずくと、高坂がどこか不可思議な瞳《ひとみ》を、志月に向けてきた。

「……何か？」

「ううん。それまで脩もヒマだと思うから、練習に付き合ってあげて」

「素人《しろうと》の僕が付き合ったら邪魔にしかなりません」

「いやいや、結構そういう人の何気ないアドバイスの方が、意外と鋭《するど》いこともあるし」

頼《たの》んだよ、とにっこり笑う。

「俺ね、ずっと逃走者のその後を作りたかったんだ」

これまでとは打って変わり、高坂はひどく生真面目《きまじめ》に話しはじめた。

「すごく面白《おもしろ》かったから、単純にあの映画のファンだったんだけど、親父が死んでから作品を全部観直《みなお》してみたんだ。二十五本あった映画の中で、やっぱり俺は逃走者が一番好きだと思った」

「……僕も好きですよ、あの映画」

そう、と高坂は嬉《うれ》しそうにうなずいた。

「多分スタッフもキャストも、あの映画を作っている間、過酷《かこく》だけどすごく充実《じゅうじつ》していたんじゃないかな。そういうのってスクリーンにも滲《にじ》み出てくると思うんだ、俺」

確かにそうだ。あの映画は特別だった。

「脩も逃走者をすごく大事にしてる。その後が作りたいって言ったら、決まりかけてたハリウッドの仕事蹴《け》っ飛ばして日本に帰ってきたんだよ」

「そうだったんですか……」

「志月くん、脩のフォローよろしく頼むね。俺もがんばるし」

力強い言葉を残し、高坂は家から出ていった。

リビングに戻《もど》ると、先刻のまま、宰川は微動《びどう》だにしていなかった。いや、文字を追う目と、ページをめくる指だけが動いている。

集中して台本に臨《のぞ》んでいる宰川を見る己の眼差しが揺れていることを、志月は自分でも気づいていた。

「……宰川さん」

「ん？」

「あの、僕は先に休んでいいでしょうか」

「ああ、お休み」

台本から目を離《はな》すことなく宰川はそう言う。

つい先刻、志月の肌《はだ》に触《ふ》れた指は台本をめくり、何度も触れた唇《くちびる》には煙草《たばこ》を銜《くわ》えている。

わずかの間彼を見つめた志月は、強引《ごういん》に渡《わた》された台本を手に、二階へと向かった。

本来志月に与《あた》えられた部屋は、階段から一番遠い場所にある。

宰川の寝室《しんしつ》ではなく、その端《はし》の部屋に入った志月は、一度も使われていなかったベッドに、今夜初めて腰《こし》を下ろした。

手に持った台本を見つめる。

開こうか迷い、結局好奇心に抗《あらが》えずページをめくった。

『夜を駆《か》け抜《ぬ》けろ』（仮題）。

一ページ目にゴシック体で記された文字にじっと見入り、さらにページをめくった。

キャスト、スタッフと名前が連なり、その次のページから物語が始まる。

食い入るように、台本を読み進めた。

アキラや万里といった懐《なつ》かしい名前がそこかしこに見られ、そのたびに志月の胸に、甘酸《あまず》っぱいような切ないような、そんな想いが溢れてくる。

志月は過去を懐かしく思い出しながら、次第《しだい》に台本の中の世界にのめり込んでいった。

『夜を駆け抜けろ』は、『逃走者《とうそう》』から十五年後の世界を描いていると高坂は言った。

当時十二歳だった万里は二十七歳。立派な大人《おとな》だ。

起業家としてそこそこ成功している、とも言っていた。

だがそういう表面的なことではなく、この十五年間、万里はどんなふうに過ごしてきたのかを、志月は想像する。

日常どんなことを考え、どんなふうに成長していったのか。どんな人間と出会い、付き合い、今信頼《しんらい》している人はそばにいるのか。

万里の父親はヤクザの組長で、母親はその愛人だった。

母親は夫の父親から、子供が男だったら引き取ると言われ、それを厭《いと》うて万里の戸籍《こせき》を女とした。そして彼らの目を避《さ》けるように、旅館の仲居をしながら、各地を転々としていた。

万里は男なのに女の戸籍を持ち、さらに普段《ふだん》から女の格好をさせられていた。

万里と母親はひっそりと隠《かく》れるように暮らしていた。だがその静かな生活も、万里が十二歳になった頃《ころ》に破られる。

ヤクザ同士の抗争《こうそう》から父親は撃《う》たれ重体、母親はその争いに巻き込まれ、万里の目の前で射殺された。

そのショックから一時声の出なくなった万里。そして万里もまた命を狙われ、チンピラのアキラとともに重体の父親の許《もと》へと向かう――。

あの頃の志月にとって、万里はもうひとりの自分だった。

本名、年齢不詳《ねんれいふしよう》、性別すらも不明のモデル『篝』として、志月は一年間芸能活動をしていた。母親の現在の夫、志月の義父によるアイディアだった。

もともと母の夏英は女の子が欲しかったらしく、少女のような容貌《ようぼう》の志月に、いつも女の子と見紛《みまが》うばかりの衣服を買い与えていた。

さすがにスカート類はなかったものの、色合いは白やピンク、オレンジといった色を好み、そんな衣服を着けた志月を少年だと思う者はひとりもいなかっただろう。

本当は青が好きだったが、志月はその色の服を滅多《めった》に着ることはなかったし、そう言い出すこともできなかった。

その頃夏英は夫と離婚《りこん》調停中で、それがこじれにこじれ、ひどく憔悴《しようすい》していた頃だった。志月と兄の将吾は伯母《おば》の家に預けられ、夏英ともあまり会えない日々が続いていた。だが志月が雑誌やコマーシャルに出ていれば、離れて暮らす母へ、己の姿を届けることができる。

女の子のような格好をするのは嫌《いや》だったが、母親のことを思えば我慢《がまん》ができた。

そんな当時の自分と、母を亡《な》くし、女の子の格好をさせられていた万里とでは共通項《こう》が多く、志月は彼がもうひとりの自分であるかのような、親しみを感じていた。

その万里が、成長した姿で再びスクリーンに映る。

だが十五年後の万里は、自分――『篝』ではないのだ。

志月にはどうすることもできないし、何を言う資格もない。今の自分は役者ですらないのだから。

理性では分かりきっていることなのに、感情的なところで、それを嫌だと思う自分がいた。

万里を、自分ではない人間が演じる。

そう思うだけで、やるせない悲しみが志月の心の内を満たしてゆく。

十五年後のこの作品が、つまらないものならいい。

高坂の、この映画への情熱を聞かされたのに、一瞬《いっしゅん》そんなことを思ってしまった自分が恥《は》ずかしくて、志月はぎゅっと唇を嚙《か》みしめる。

読みたくない、そう思うのに、結局志月は最後のページまでめくらずにはいられなかった。

台本をすべて読み終えると、志月はぐったり肩《かた》を落とした。

面白かった。途中《とちゅう》、夢中になった。アキラがアキラとして、万里は万里として、ちゃんと十五年分の時間を感じさせた。映像が脳裏《のうり》に浮《う》かび、間違《まちが》いなく観客が楽しめるストーリーだと思った。

そう思わずにはいられない内容がひどく悔《くや》しかった。

「……宰川さんも、逃走者が大事なんだ」

宰川はアキラ役でデビューした。

新人なのに堂々としたもので、あの頃から大物の片鱗《へんりん》を窺《うかが》わせていた。

宰川にとっても、アキラという役は特別なのだろう。

だからこそハリウッドの仕事を蹴ってまで帰ってきた。

宰川はまたアキラを演じる。だが自分はもう、万里を演じることはできないのだ。

それが悔しくて、悲しかった。

◆
◆
◆

翌朝一睡《いっすい》もできず階下へと降りた志月は、昨夜とまったく同じ状態で座っている宰川を認め、小さく声を上げた。

手元の灰皿には山盛りになった煙草の吸い殻《がら》があった。

昨夜ずっと台本に目を通していたのだろうか。

志月はいまだ台本に集中している宰川の邪魔《じゃま》をしないよう、そっとキッチンへと移動した。

薄《うす》めのコーヒーに少しだけミルクを垂らして、宰川へと持ってゆく。

ソファの前、テーブルの上にコーヒーカップを置くと、ようやく宰川が目を上げた。

「ああ、おはよう」

「おはようございます。一晩中台本を読んでいらっしゃったんですか？」

宰川はうなずいて大きく伸《の》びをした。

「最初に読んだイメージを大事にしたいし。そのイメージを固めておきたかったんだ」

でももうおしまい、と子供のように欠伸《あくび》をした。

「朝ご飯を作っておきますので、シャワーを浴びてきてください」

「ああ、頼《たの》む。で、飯食ったら志月くん、付き合って」

「……今日も外出なさるんですか」

台本が手元に来たのに、もっと読み込まないのだろうか。

「今日は遊びじゃなくて、仕事の一環《いっかん》」

「仕事、ですか？」

うなずきながら宰川は立ち上がり、それ以上の説明をせずに、浴室へと行ってしまった。

仕事の一環と宰川が言ったその意味を、志月はすぐに知ることができた。

宰川が最初に向かった先は、オーダーメイドのスーツを作る、高級衣料品店だった。

宰川はそこでまず採寸し、スーツの形を決めた。生地《きじ》のサンプルを真剣《しんけん》な目つきで見据《みす》え、これはというものを三つ選んだ。

いずれも黒だが、少しずつ生地の雰囲気《ふんいき》が違《ちが》う。そしてそれらは、宰川の好みからも若干《じゃっかん》外れていることに気づいた志月は、あ、と声を上げた。

何？　と首を傾《かし》げる宰川に、

「アキラ、ですか」

と言えば、よく分かったなと破顔した。

宰川が選んだ生地は、昨夜読んだ三十六歳のアキラがまさしく着るようなスーツだったのだ。

「あの、それって……」

「高坂の撮影《さつえい》方法は結構独特なんだよ。まず俳優に、自分が演じるキャラクターの持ち物を持参させるんだ。これは、というものをね」

「俳優が持参」

「そう、服や小物とか、普段どんなものを使っているかとか。それに撮影に入る前に、そのキャラが住んでいる部屋のセッティングも、俳優が考える」

「……でももしかしたら、イメージに合わないこともあるんじゃないですか？」

「それはもちろん。その時にはとことん話し合うんだ。なぜ君はこれを選んだのか、とね。それで意見のすり合わせを行う。高坂が譲歩《じょうほ》することも、まあほとんどないが時々はあるかな。大抵《たいてい》は役者の方が折れる」

確かにあまり聞かない撮影方法だ。だがそれを聞いて、志月は高坂に対して興味を募《つの》らせた。

もし自分が万里役だったなら、どんな部屋に住んだだろう。普段《ふだん》着ている服は？　アクセサリーはつけるだろうか？

けれど志月はすぐさま、そんな妄想《もうそう》を振《ふ》り払《はら》う。

もし、なんてないのだから、考えるだけ無駄《むだ》だ。

「万里は普段、どんな格好をしてるだろうな」

だが宰川は、どう思う？　と志月に訊《き》いてきた。

「万里、ですか……？」

「そう。十五年前の万里はか弱くて女の子みたいだった。実際女の子の格好をさせられていたけど、十二歳とは思えないほど慎重《しんちょう》で頭がいい少年だった。そんな子が十五年後、どんな男になっているか。想像してみるとすごく楽しい」

宰川は十五年後の世界を、心から楽しんでいる。またアキラを演じられることが嬉《うれ》しいのだろう。

「……万里は、多分目立つことが嫌だと思っているでしょう。父親のことを心底は嫌《きら》っていないけれど、結局彼のせいで母は亡《な》くなった。そのわだかまりは、十五年たった今も消えず、彼の心の内にあるんじゃないでしょうか。そして暴力そのものを嫌っているし、暴力団と関《かか》わりたくない、関わるつもりはない、と思っている」

「——そうだな、確かに」

「起業したのも、ヤクザ稼業《かぎょう》からは一線を引きたかったから。万里は静かに暮らしたい。だから普段の生活も慎《つつし》み深くしていると思います。服装も、アキラのようにオーダーメイドのスーツは持たず、シンプルであまり目立たない、グレーや紺《こん》のスーツを好んで着ているかと。あとは……そうですね、もしかしたらアキラからのプレゼントがクローゼットにズラリと並んでいて、でもそれは高級スーツばかりだから、万里は着ていく場所がなくて少し困っているかも」

さらさらと志月の唇《くちびる》から零《こぼ》れる『万里像』に、宰川はふと黙《だま》り込んだ。

押し黙った宰川に、ハッと我に返った志月は、慌《あわ》ててうつむいた。

「すごいな、志月くん。ものすごく的を射ている。確かに万里は、そんな感じで暮らしているんだろうな」

宰川はうなずくと、志月の背中をぽん、と叩《たた》いた。

「志月くんは読解力と魅力《みりょく》的な想像力があるね。やっぱりもったいないな」

役者、やらないのか？　と軽い口調で言われ、志月は口籠《くちご》もった。

昨夜あんなにきっぱり興味がないと言ったのに、志月は昨夜から高坂が書いた台本に深く囚《とら》

われていた。

「今度台本の読み合わせをする時、付き合ってくれ」

「……それは、無理です」

「どうして？」

「僕は素人《しろうと》ですし、宰川さんのイメージを著しく損なってしまうかもしれません。それはマイナスじゃないでしょうか？」

だが宰川はくすくすと笑った。

「そんなに難しく考えられたらこっちも困るな。台本読みの段階で、完璧《かんぺき》を求めるつもりはないし。本番に向けて少しずつテンションをあげていきたいだけだから」

重ねてそう言われ、そのうえ頼むよ、と近く覗《のぞ》き込まれた志月は、お役に立てるとは思えませんがと、小さな声で呟《つぶや》くことしかできなかった。


数日後、『夜を駆《か》け抜《ぬ》けろ』の製作発表会が大々的に行われた。

中央に宰川、そしてほかのキャストや監督《かんとく》の高坂がずらりと並ぶ中、もちろん『篝』の姿はない。

記者会見場の隅《すみ》で会見を見ていた志月だったが、どうしても宰川の右隣《みぎどなり》にいる男に目がいってしまう。

宰川より数センチ身長は低いが、均整の取れた美青年だ。

「万里役をやらせていただきます、羽村耀司《はむらようじ》です。今回素晴《すば》らしい映画の主役のひとりを演じさせていただくことになり、大変光栄に思っています。一作目の『逃走者《とうそう》』ファンの方にも喜んでもらえるよう、精いっぱいがんばります」

ぺこりと頭を下げる万里役の俳優へ、一斉《いっせい》にフラッシュがたかれる。

リポーターたちが次々と質問を開始した。

「逃走者といえばアキラ役の宰川さんと、もうひとり、万里役の篝のコンビが最強かと思うんですが、今回やっぱり篝の出演はないんですね？」

不躾《ぶしつけ》な問いにも、高坂は笑って返した。

「もちろん篝ファンは、十年以上たった今もたくさんいらっしゃるでしょう。ただ羽村くんの実力も、この場にいらっしゃる方々ならば十分承知していらっしゃるかと。父が作った逃走者は、まあ息子《むすこ》の僕が言うのもなんですが傑作《けっさく》です。でも僕はその逃走者とまったく同じものを作るつもりはありません。また壊《こわ》すつもりはもっとありません。今作を観《み》た方に、もう一度逃走者を観直《みなお》してもらったら嬉しいなと思っています」

「篝は性別不詳《ふしょう》でしたが、女性だったために今作には出演が叶《かな》わないと言われています。そのあたりを明かしてはもらえませんか？　篝とコンタクトを取ったんでしょうか？」

会見はやはり、篝のことに終始した。だがそれを、高坂は腐《くさ》ることなくにこにこと返事する。

それはのらりくらりと核心《かくしん》を外しているように、志月には感じられた。

実際篝＝志月にオファーなど来なかったし、志月が話を聞いたのは高坂が来た時が最初だ。

宰川と事務所で対面した時、一ヵ月後の仕事は内緒《ないしょ》だと夏英が言った意味を、志月はようやく悟《さと》った。

夏英は志月に、逃走者のその後という映画が製作されるということを知らせたくなかったのだ。

過去、傷ついた息子が、再びその傷を思い出さないように、と。

あの場所は、遠い。

フラッシュの洪水《こうずい》。遠慮《えんりょ》のないリポーターの質問。それに眉《まゆ》ひとつ動かさず平然としているキャストや監督。

あの場所は、怖《こわ》い。

志月にはもう、あの場所に近づくことはできない。

人々の視線も、向けられる悪意も、好意すらも。志月はいらない。欲しくない。

ただ、過去に演じた万里という少年の残滓《ざんし》だけが、志月の内にこびりついて離《はな》れないだけのこと。

もう万里を演じられない。

未練はそれだけだった。

◆◆◆

製作発表がされて以来、宰川はリビングで、寝室《しんしつ》で、台本を片手に集中していた。志月に対してちょっかいをかけることもなくなり、志月は時間を持て余し気味だった。

今の宰川ならば、遊びになど出掛《でか》けないだろうと一度夏英に連絡《れんらく》を取った。

もう、宰川のそばについていなくてもいいのではないか、と。

だが夏英の返事はNOだった。

『志月がいなくなった途端《とたん》、どっかに遊びに行っちゃうわよ。それか家に手頃《てごろ》な友達呼んで乱交とかしちゃうかもしれないわ』

「まさかそんな。宰川さん、そんな人じゃないですよ」

志月のことをずいぶんとからかったが、宰川が本気になったら、きっと初日の夜にどうにかされていたに違《ちが》いない。

けれど宰川はしなかったし、そのあとだって彼はいつもたっぷりと余裕《よゆう》を持っていて、あからさまに行為《こうい》を強要することはなかった。

夏英はあらそう？　とあっけらかんと笑い、

『志月は宰川が紳士《しんし》だと思っているのねえ。てことは宰川はまだあなたに本性を見せてないってことか』

「……」

志月はその言葉に反論したかったが、ふと我に返る。

たかが二週間程度一緒《いっしょ》に暮らしたくらいで、宰川のことを理解したと思っている自分の方が間違っているのかもしれない、と。

『これから一緒にやっていくんだから、ファン目線だけでいてもらっちゃ困るのよ。時には宰川を叱《しか》り飛ばすくらいしてもらわないといけないんだから』

そんなの一生一緒にいたって無理だ、と思ったが、賢明《けんめい》にも志月がそれを口にすることはなかった。

志月が時間を持て余し、結果することがないから手元の台本を読んでは小さく落ち込む、という不毛な日々を繰《く》り返していたある日、宰川の屋敷《やしき》に訪問者があった。製作発表のあった四日後のことだ。

応答した志月は、玄関扉《げんかんとびら》を開けるなり、ス、と息をのんだ。

「どうも、こんにちは」

白い歯を覗かせてにっこり笑うその姿は、まるでデンタルケアのコマーシャルを見ているようだ。

「……あの」

「こちら宰川さんのお宅だよな」

不躾に家の中をきょろきょろと見回すのは、映画『夜を駆け抜けろ』で宰川と共演する俳優であり、万里を演じる羽村耀司だった。

百八十センチ近い長身、甘く掠《かす》れる色っぽい声と切れ長の瞳《ひとみ》。デビュー以来数々のドラマや舞台《ぶたい》に出演し、若手の中では特に注目されている俳優だ。

「そうですが、あの……っ！」

「お邪魔《じゃま》しまーす」

志月がどうぞと言う前に羽村はずかずかと足を進ませ、勝手に中に入ってしまった。

「靴《くつ》で生活してるんだ。洒落《しゃれ》てるなあ」

「あの、羽村さん」

羽村は名前を呼ばれるとくるりと志月を振《ふ》り返り、にっこり笑った。

「宰川さんのマネージャーさんだよね。呼んできてくれない？」

早く、と急《せ》かす羽村を、志月は強く見据《みす》えた。

「どのような御用件か伺《うかが》ってもよろしいでしょうか」

自分でも思っていた以上に、険しい声が出てしまった。一瞬《いっしゅん》しまった、と思ったが、後には引けなかった。

いくら共演相手とはいえ、アポイントを取ったのかも分からないのだ。何をしに来たのか分からないし、まずは自分が話を聞かなければならない。

だがその建前の背後で、彼に対し強烈《きょうれつ》な劣等《れっとう》感を抱《いだ》いていることを、志月は自分でも気づいていた。

万里を演じる男。

ただそれだけなのに、羽村を嫌《いや》がる己の狭量《きょうりょう》さに嫌気《いやけ》が差す。

そう思っていても、胸の内に沸々《ふつふつ》と沸《わ》きあがる感情を抑《おさ》えるのは難しかった。

羽村は、険しい表情の志月を驚《おどろ》いて見たが、すぐにふっと鼻で笑った。

「なんか感じ悪いマネージャーだな。自分が担当する役者の共演者を、そんな親の仇《かたき》みたいに睨《にら》んで。何が気に入らないわけ？」

「……、そんなことは」

「じゃあ早く呼んでこいって。あんたじゃ話にならないんだよ」

きつい口調と酷薄《こくはく》に眇《すが》められる瞳に、志月はぐっと奥歯を噛《か》みしめた。

「御用件を伺います」

それでもなお、志月がそう言うと、羽村は大袈裟《おおげさ》に肩《かた》を竦《すく》めた。

「すっごい感じ悪い。分かったよ、用件を言えばいいんだろ。俺は今日からこの屋敷に住む。それで宰川さんと一緒に、アキラと万里の演技プランを立てるんだよ」

苦々しく告げた羽村のその内容に、志月は大きく目を見開いた。

「ここに、住む？」

「そう。あんたは知らないかもしれないけど、アキラと万里は一緒に暮らしてる。高坂監督《かんとく》はキャラクターが本当に現実に暮らしているようなリアリティを求めているから、すごく細かなところまで役者に突《つ》っ込んでくる。アキラと万里の関係性は、この映画の中の肝《きも》なんだから、俺は宰川さんととことんアキラと万里のことで話し合いたい。だからここに住んで、ぴったり離れずにいて、濃密《のうみつ》な関係を作り出したいんだよ」

「…………」

「あんた、面白《おもしろ》くないって顔してるけど邪魔するなよ。俺はこの役に賭《か》けてんだから。篝ファンを黙《だま》らせるほどの演技をしてみせる」

羽村はそう宣言すると、不敵に笑った。

「何騒《さわ》いでるんだ？」

一階のリビングにいた宰川が、話し声を聞きつけてか玄関《げんかん》ホールまでやってきた。

羽村は宰川の顔を見るなり駆《か》け寄ってゆく。

「羽村？　どうしたんだ……ていうか、よく家が分かったな」

「監督が教えてくれましたよ」

無邪気《むじゃき》とすら言っていい笑顔《えがお》を向けられて、宰川はあいつは、と苦笑《くしょう》する。

「で？　何しに来た」

「俺を、ここに住まわせてください」

きっぱりと望みを口にする羽村を、宰川は面白そうに見下ろす。

「一緒に住んで、アキラと万里の生活を構築しようって？」

「ええ。それに宰川さんに演技の指導もお願いしたいんです。あとアメリカでのことも聞かせていただけたら嬉《うれ》しいな」

「ずいぶん欲張りだな。それだけ欲しいっていうなら、何か見返りを期待してもいいのか？」

宰川の双眸《そうぼう》が色っぽく眇められるのを見て、志月はまさか、と目を疑った。

「宰川さんが望むなら、なんでもして差し上げますよ。セックスの相手だって、言っていただければ」

「――――」

羽村のあからさまな言葉に志月が絶句していると、宰川はふーん、と小さく呟《つぶや》いた。

「おまえ、タチじゃねえの？」

「宰川さんなら、ネコでもかまわないと言っているんです」

「ずいぶんとがんばるんだな。そういう子は嫌《きら》いじゃないよ」

あまり身長差のないふたりだが、羽村の方が幾分《いくぶん》線が細い。宰川は羽村の尖《とが》った顎《あご》を掴《つか》むと、ゆっくりと引き寄せていった。

胸に壮絶《そうぜつ》な痛みを覚えて、堪《たま》らずうつむくと、少しして低い宰川の声が耳に飛び込んできた。

「綺麗《きれい》だけどどうも食指を動かされないな」

「そうなんですか、残念」

羽村の声は朗らかなものだ。志月はうつむいていた視線を、そっと上げた。

その時己を見る宰川と視線がぶつかった。目が合うなりなぜか宰川にくすりと笑われ、志月は慌《あわ》てて再び目を伏《ふ》せた。

もしかしたら自分は今、ひどく醜《みにく》い顔をしているかもしれない……。

「とりあえずリビングに来い、羽村。おまえの万里像を聞かせてくれ」

「はい！」

リビングへと歩いてゆくふたりの背中を見送りながら、志月は暗澹《あんたん》たる思いに唇《くちびる》を嚙みしめた。

宰川は羽村をここに住まわせるつもりだろうか。

嫌だ、などと言えるはずもない。自分だって居候《いそうろう》だ。それなのにどうしても思ってしまう。

——自分以外の人間を、この家に入れてほしくない、と。

羽村がそばにいると、自分がどんどん醜く嫌な存在になっていくのが辛《つら》い。

自分でも分かっていた。

羽村に嫉妬《しっと》していることを。そしてあんなにも簡単に、宰川の隣《となり》に並べる彼が、羨《うらや》ましくて堪らないと思っていることを。

四　ナイーブ

志月の不安は、杞憂《きゆう》に終わった。

宰川は羽村がこの家に住むことをやんわりと断ったのだ。

だが粘《ねば》った羽村は、時間の許す限りここに来ることを了解《りょうかい》してほしいと言い、宰川は、それにはうなずいた。

宰川はここ一週間、ほとんど台本を離《はな》すことなく手元に置いているから、撮影《さつえい》前だというのに、台本はずいぶんとくたびれていた。折り癖《ぐせ》がついているページもあって、相当台本を読み込んでいるようだ。

夕食と風呂《ふろ》を終えると、最近はすぐに寝室《しんしつ》にゆき、志月を呼ぶこともほとんどなくなった。

それを寂《さび》しいと思う自分に苦笑が零《こぼ》れる。

以前は少し触《ふ》れられるだけでびくびくして、目を合わせることすらできなかったのに。

自嘲《じちょう》しつつ与《あた》えられた自室に向かう志月を、宰川が呼んだ。

まるで寂しいと思ったことが分かったかのようなタイミングのよさに、志月がびっくりしていると、

「これから読み合わせに付き合ってほしいんだが」

「……明日また羽村さんがいらっしゃると聞きましたが」

「今夜したいから、頼《たの》む」

躊躇《ためら》いは、宰川に声をかけられた喜びの前に霧散《むさん》した。

おずおずとうなずくと、宰川の大きな手が、志月の手首を緩《ゆる》く摑んだ。

こんな接触《せっしょく》も久しぶりで、指先がジンと痺《しび》れた。

触れられて、怖《こわ》がるより喜んでいる。

宰川の体温を知ることができて、嬉しいと思っている。

これは純粋《じゅんすい》なファンとしての感情だろうか。

それとももっと熱い何かだろうか。

数日ぶりに入った宰川の寝室はこれまでとなんら変わりないのに、志月だけが以前とは違《ちが》う想《おも》いを抱《だ》いている。

手を引かれ、ベッドの上に腰掛《こしか》けると、宰川もまた拳《こぶし》ひとつ分を開けて隣に座った。

「ああ、台本がなかったな。これでいいか？」

宰川が使っている台本を差し出されるが、志月は軽く首を振《ふ》った。

「大体覚えています」

へえ、と目を瞠《みは》る宰川に、志月は慌てて続けた。

「あの、高坂監督から台本をいただいてから、宰川さん、ほとんどお出掛《でか》けにならなかったでしょう。時間が空《あ》いたので、その時に何度も読んだから」

「物覚えがいいな」

じゃあ最初の、アキラと万里のシーンをやってみようと言われ、志月は緊張《きんちょう》しつつ小さくうなずいた。

『俺は諦《あきら》めてないんですけどね。貴方《あなた》のことを』

囁《ささや》くような低音は、普段《ふだん》の宰川とは微妙《びみょう》に違う声だ。

アキラだ、と志月の鼓動《こどう》が、そっと高鳴る。

十五年前はチンピラだったアキラだが、今は若頭という地位につき、万里の父親である組長に次ぐ権力を持っている。

昔の、誰にでも嚙《か》みつくような狂犬《きょうけん》ぶりはなりを潜《ひそ》め、落ち着いた魅力溢《みりょくあふ》れる大人《おとな》の男に変貌《へんぼう》していた。

志月は短く息を吸い、そうしてため息交じりに、呆《あき》れたように、だが唇には笑みを乗せ、最初の一声を発した。

『しつこいな。僕が暴力団のトップになんかなれるわけないだろう？　暴力嫌《ぎら》いの組長だなんて、あちこちから笑われるよ。いいのか？　天下の見城《けんじょう》組が世間の笑い者になっても』

口元を小さく綻《ほころ》ばせながら宰川――アキラを見上げる。と、

「――」

ふ、と宰川は押し黙《だま》った。

そしてセリフを継《つ》ぐことなく、じっと志月を見つめる。

何か粗相《そそう》をしてしまっただろうかと、志月は浮《う》かべていた笑みを強張《こわば》らせた。

「あ、の……？」

志月が怯《おび》えながら首を傾《かし》げると、すぐさま宰川は我に返り、悪い、と慌てて謝った。

「やっぱり僕が相手では……」

もう十年も演技なんてしていない。志月にとって万里は分身ともいえるキャラクターだが、思い入れと演技力は決してイコールにならないだろう。

「いや、そうじゃない。君のせいじゃないから」

だが宰川はそのまましばらくの間黙り込んだ。それは志月が不安になるほど長く、胸に不安が広がってゆく。

「あの、やっぱりやめます」

そう言うなり、志月はベッドから立ち上がった。足早に部屋を出ていこうとしたのだが、素早《すばや》く宰川に腕《うで》を取られ、再び引っ張られてしまった。

「あ」

勢い余ってベッドの上に仰向《あおむ》けに転がった志月を、宰川はじっと覗《のぞ》き込んだ。

「——宰川さ、……？」

その瞳《ひとみ》は、志月がこれまで見たこともないほど真剣《しんけん》で、どうかすると怒《おこ》っているようにも見える。

竦《すく》む志月に、宰川は小さく何かを呟《つぶや》いた。

「……え？」

ああ、そうか、という言葉に聞こえたが、はっきりとは分からなかった。だが宰川はそれを二度口にするつもりはないらしく、ふっと息をつくと、いつもの笑顔を見せた。そして転がる志月の髪《かみ》を、優《やさ》しく掬《すく》っては梳《す》く。

「宰川さん……？」

「君が俺の万里像にあんまり近かったから、ちょっとびっくりした」

「……そんなことは」

「この前羽村から聞いた万里が、ちょっとイメージ違ったんだよな。どっちかって言うと、志月くんが以前話した方が、俺にはしっくり来たし」

正直宰川にそう言ってもらえて、志月は嬉《うれ》しかった。でも同時に、寂しくもあった。

どんなに宰川に理想の万里だと言われても、自分はもう篝ではない。

それでもせめて練習相手としてだけでも、万里でいられたら。

志月の心に、芝居《しばい》に対する欲が生まれる。

この部屋の中でだけ、宰川の練習相手としてだけでも、万里を演じられたらいい。

立って、と宰川が手を差し出してくる。

「動きも入れてみよう。付き合って、志月」

なんの拍子《ひょうし》か、宰川はいつものように『くん』をつけず、名前を呼び捨てた。

「あ、はい」

頼むよと言われ、喜ぶ自分が滑稽《こっけい》だ。

決して万里にはなれないというのに。

◆◆◆

「俺、万里はあんまり白くないと思ってるんですよ。子供の頃《ころ》に母親を亡《な》くして、ヤクザ連中に追いかけられて死にそうなほど大変な目に遭《あ》って。そういう子供時代を過ごせば、どんなヤツだってどこかしら歪《ゆが》むと思うし、内心は父親を憎《にく》んでて、アキラに対しても好意っていうより、またヤクザの抗争《こうそう》に巻き込まれた時に困るって気持ちもあって、そばから離《はな》さないんじゃないかなって」

羽村の万里像は、志月の持つものとずいぶん違っていた。

確かに万里には屈託《くったく》があるだろう。暴力は嫌《きら》いだし、父親に対してもストレートな愛情はきっと一生口にしない。けれど羽村が言うほど、万里が弱い人間とは思えなかった。

父親がヤクザの組長で狙《ねら》われた過去があれば、確かに暴力を忌避《きひ》したいだろうし距離《きょり》を置きたいと思うはずだ。それでもなおアキラがそばにいるのを許すのは、彼が特別な存在だからだと、志月は思う。

ともに逃《に》げ、戦い、死線を潜《くぐ》り抜《ぬ》けてきた。万里は、アキラの獰猛《どうもう》さをも含《ふく》め、すべてを認めているのではないだろうか。

それほどにふたりの絆《きずな》は深いものと、志月は思っていた。

「万里は腹黒っていうのが、おまえの考え？」

「や、腹黒っていうのは言い過ぎかな。暴力に対しての拒否《きょひ》反応が強いっていうか」

「だが最後の方、万里が弟の雄仁《ゆうじん》と一緒《いっしょ》に捕《と》らわれた時に啖呵《たんか》をきってるだろう？　どっしりかまえてないと、こういうセリフは出てこないと思うがな」

「それは、火事場の馬鹿《ばか》力的なものと俺は思う。追いつめられて、もうどうしようもなくなってさ。異母弟は役に立たないし、どうにかしないと殺されるわけだし」

「火事場の馬鹿力、ねえ……」

明らかに納得していない宰川の背後で、志月もまた内心首をひねっていた。

「宰川さんは万里を神聖視しすぎてると思う。綺麗《きれい》なばっかりじゃ世の中生きていけないだろ羽村はそう言うと、隣《となり》に座る宰川へひどくナチュラルに凭《もた》れかかった。

「重い。退《ど》け」

邪険《じゃけん》に言われても、羽村はまったく気にしない。

「万里にされたら、アキラは黙ってクッション役するんじゃないかな」

「万里はそういうことはしない」

「するかもしれないよ」

「しない」

頭を押され、羽村はちぇっと舌打ちをした。

「ちぇって、おまえな、万里が舌打ちなんかするか」

「なんだか宰川さん、ホント万里のことが好きだよね」

性懲《しょうこ》りもなく凭れてくる羽村に呆れながらも、宰川は好きにさせることにしたようだ。ため息だけをついて、もう退け、とは言わなかった。

「俺じゃなくてアキラが好きなんだろ」

「ふーん」

宰川と羽村は、ずいぶんと親しくなったように、志月の目には見えた。

羽村がこの屋敷《やしき》にやってくる頻度《ひんど》はとても高かった。ほぼ二日に一度はやってくる。そして屋敷にいる間は宰川にべったりくっつき、少々邪険にされても決してめげずに何度も触《ふ》れようとするのだ。

そんな羽村の行動を諦《あきら》めたのか、宰川は彼を受け入れている。

アキラと万里が親密であればあるほど、演じる彼らの距離もまた近づいていっているような気がする。

そういうふたりを見ているのが辛《つら》い。

羽村に対する不快な感情を意識するたびに、志月は自分がひどく醜い人間のように思えて、喉元が圧迫されているような息苦しさを感じていた。

「ああ、もう行かなきゃ。早く映画の撮影《さつえい》に入るといいんだけどな。ほかの仕事が入るとなんか集中が切れて嫌《いや》だ」

羽村は渋々《しぶしぶ》立ち上がり、宰川に向けてはにっこり微笑《ほほえ》んだ。

「じゃあ、宰川さん。また来ますね」

「おう」

だが志月のことは、そこに誰もいないかのように無視してリビングから出て行く。

宰川が見送りをすることは滅多《めった》にないから、無視されても志月が行かなければならない。

羽村は最初の応対がよほど気に入らなかったのか、志月をひどく嫌っているらしい。

普段《ふだん》ならば頭を悩《なや》ます状態なのだが、最近の志月は心労を覚えることが多く、逆に痛みの感覚が鈍化《どんか》してきているように思えた。

「あんたはどう思う？」

そのまま無言で帰っていくのかと思ったら、羽村は不意に志月に問いを投げてきた。

「何がですか」

「だから、アキラと万里の関係だよ」

「……」

口籠《くちご》もった志月を胡乱《うろん》な目で見据《みす》え、羽村はコッコッと靴《くつ》を鳴らした。

「どうなんだよ。俺たちの練習風景毎日見てるだろ。素人《しろうと》だってなんか感じるものがあるんじゃないか？」

「人の意見が必要ですか」

「だって映画を観《み》るのは素人だろ。一般人《いっぱん》が何を考えているのか知るには、一般人に訊《き》くしかないじゃないか」

傲慢《ごうまん》だが、言わんとすることは理解できる。志月は静かな口調で、自分の考えを告げた。

「万里にとってアキラはとても大事な人ではないかと。決定的に相容《あいい》れない性質をしていながらもアキラがそばにいることを許しているのは、獰猛で暴力的な部分も含めて、彼を許し、愛しているのだと思います」

滑《なめ》らかな声に、羽村は一拍《いっぱく》押し黙《だま》った。だがすぐさま皮肉げに唇《くちびる》を歪め、肩《かた》を竦《すく》める。

「なんかあんたの言い方だと、万里とアキラって恋人《こいびと》同士みたいだな。……ああ、もしかしてそうなのかも。ふたりが寝《ね》てるって裏設定にあったなら、すごく分かりやすい」

「そういう意味ではありません」

羽村の想像は、志月には耐《た》えがたく、きっぱりと否定すると、ますます嬉しげに笑った。

「残念。万里を演じるのは君じゃなくて俺だから。君はせいぜい、ふたりはプラトニックだって思っていればいいよ。でも俺はそう思わないで演技することにしよう」

「……っ」

思わず羽村を睨《にら》みつけるが、相手はふいと視線を外し、じゃあねと出て行ってしまった。

その場で足を踏《ふ》みならしたい衝動《しょうどう》に駆《か》られた志月だったが、拳《こぶし》をきつく握《にぎ》ることで漸《ようよ》う抑《おさ》えた。

羽村は本当に、アキラと万里が寝ていることを前提で演技をするというのか。

「どうした」

リビングに向かう足取りが、いつもより乱暴だったようで、ソファに座る宰川の目がちょっと驚《おどろ》いている。

「す、すみません」

「いや、別にいいけど。うつむいてばかりいるより、怒《おこ》ったり泣いたりする方が魅力《みりょく》的だし」

鷹揚《おうよう》に笑う宰川に恐縮《きょうしゅく》していると、おいで、と手を差し出された。

おとなしく隣に腰掛《こしか》けた志月の髪《かみ》に、じゃれるように触れてくる。

「羽村に何か言われた？」

「……別に何も言われてません」

「本当に？」

正直に言ってごらん、と肩に回された指先が、耳朶《みみたぶ》を握っては離し、と繰《く》り返すから、くすぐったいのとドキドキするのとで、小さく首を竦めた。

「その、……アキラと万里は、裏設定では恋人同士じゃないか、と」

「羽村が言ったんだ」

うなずくと、宰川はなるほどねとうなずいた。

「宰川さんも、そう思われるんですか？」

「志月はどう思う？」

「恋人同士ではないと思います」

「そう？　寝てたとしても不思議じゃないけど」

「でもアキラには何人も愛人がいるじゃないですか」

クラブのホステスとかママとか、組の顧問《こもん》弁護士の妻とか。

そう言うと、宰川は噴《ふ》き出した。

「ど、どうして笑うんですか」

「いやー、うーん、なんか志月は、俺が思っていた以上に可愛《かわい》いっていうか」

「……それは子供という意味でしょうか」

「まあ、それもないわけじゃないが。志月は、憧《あこが》れている男っていない？」

「……」

まさに今隣にいる男にこそ憧れているのだから、志月は密《ひそ》かに身を強張《こわば》らせた。

「女を抱《だ》くのとは違《ちが》う感情を、男に持つこともある。その人間のためならなんでもできると思える相手だ。そこから派生するある種の感情が高まって、結果身体《からだ》を重ねる行為《こうい》に至っても、俺は不思議じゃないと思うが」

「じゃあ宰川さんは、アキラと万里が、……その、そういう関係かもしれないって思っているんですか？」

それが少し不服で、ちらりと上目遣《うわめづか》いに宰川を見上げると、にやりと唇を歪《ゆが》めた。

久しぶりに見る、ちょっと意地悪な微笑みに、知らず腰《こし》が引けると、

「別にそうであってもおかしくないと思う」

そう言うなり、志月を抱き寄せ、そのままソファに押し倒《たお》してきた。

「さ、宰川さん……!?」

『貴方《あなた》に触れたい。ほかの誰とも違う、俺にとって貴方は何物にも代えがたい至上の存在だ』

宰川ではない、一瞬《いっしゅん》でアキラに変貌《へんぼう》した彼を、志月は唖然《あぜん》と見上げた。

『……触れてもいい？』

「あ、……」

『俺を許してほしい。どんな女を抱いても、それはみんな貴方の代わりでしかない。ほかの人間を抱けば抱くほど渇《かわ》きがひどくなる。貴方じゃない人間をもう抱けない。欲しいのは貴方だけだ』

熱病に冒《おか》されたような瞳《ひとみ》。

万里を乞《こ》う、アキラの情熱を前に、志月は本気でめまいを覚える。

『どうか、いい、と言ってくれ。俺を、受け取ってほしい。——万里』

唇が触れそうなほど近くで懇願《こんがん》するように名を呼ばれ、堪《こら》えきれず目を閉じてしまった。

それはアキラの想《おも》いを肯定《こうてい》し、受け入れる了解《りょうかい》の印となる。

「ほら、結構イケるだろう？」

いきなり宰川に戻《もど》った声に、志月は慌《あわ》てて我に返り、目を開けた。

ひどく楽しげに笑う宰川を見て、どっと力が抜《ぬ》けた。

「ひ、ひどいです。いきなりアキラを演じるなんて」

「違和感《いわかん》なかっただろう。アキラが万里に、今のセリフを言ったとしても」

「……それは」

確かにそうだった。

あんなふうにアキラに求められたら、きっと万里は今の志月のように目を閉じてしまうだろう。そしてすべてを奪《うば》われ、与《あた》えられるに違いない。

そうは思っても、やっぱり志月は、ふたりには同志的友愛という関係でいてほしかった。

「志月はこれまでよく無事だったな」

「……なんのことですか」

「真面目《まじめ》だし頑《かたく》なだし子供だし。なのにさっきみたいに情熱的に口説かれるとつい目を閉じてしまうんだから」

「それは、……」

相手が宰川で、アキラだからだ。

そうでなければ絶対に抵抗《ていこう》している。

「そのうえ綺麗《きれい》で可愛いし」

「宰川さんは僕を綺麗とか可愛いとか仰《おっしゃ》いますが、そんなことはありません」

反論すると、宰川はそうか？　と首を傾《かし》げる。

「綺麗というのは、宰川さんの帰国パーティにいらしていたモデルさんや女優さん、それに、……宰川さんのような人のことを言うんです」

「俺？」

よもや自分の名まで出るとは思っていなかったのか、宰川は本気で驚いていた。

「綺麗です。映像を観《み》ると、いつも思います。宰川さんは本当に美しい人だって」

「……志月はもしかして人と美的感覚がずれているんじゃないか？　俺から見れば、志月くらい綺麗な子は滅多《めった》にいないと思うがな」

「こんな皮一枚褒《ほ》められたって困ります。人は老化するものだし、顔だって刻々と変わっていきます。浮《う》かべる表情によっては、人の目に醜《みにく》く映ることだってあります」

「それを言ったら、俳優とかモデルとかやっていけないだろう」

志月の滑らかな口調に、宰川は苦笑する。だが志月は彼を見上げ、きっぱりと首を横に振《ふ》った。

「僕が宰川さんを美しいと言ったのは、顔だけじゃありません。宰川さんがこれまでしてきた経験や過去、感情、そういった内面すべてが演技に表れている。そしてそれを僕は美しいと思うんです」

恵《めぐ》まれた体格や精悍《せいかん》で野性味溢《あふ》れる顔立ちといった外見だけでは、他者を魅了《みりょう》する演技などできないだろう。演じる、という行為には、もちろん想像力や技術が必要だろうが、当人の経験が表れると志月は思っている。その経験がいいものだったにしろ悪かったにしろ、それこそが俳優ひとりひとりの味というものに繋《つな》がるのではないだろうか。そして宰川脩という俳優を、大抵《たいてい》の人間ならば無視できないと、志月は思っている。

「今日の志月は、結構雄弁《ゆうべん》だな」

志月は我に返ると、途端《とたん》に小さく身を縮めた。

「あの……っ、これは僕の個人的な意見で、ただ僕はずっと宰川さんのファンだったから、そういうところが好きっていうか」

どさくさに紛《まぎ》れて好きと口走ってしまった志月は、これ以上はないくらい顔を真っ赤にした。

「今言ったことは忘れてください……！」

「なんで？　好きって言われたらあんまり忘れないもんだよ」

くすくすと笑い、じゃれつくようにこめかみや耳朶、頬《ほお》に唇《くちびる》を落とされる。

「それに中身がいいと言われるのは、新鮮《しんせん》で気持ちがいい」

「あの、別に中身だけがいいと言っているわけじゃないです」

付け足すと、宰川は堪《たま》らない、といったふうに噴き出した。

「ああ。ていうか、俺も訂正《ていせい》しよう。志月は顔もいいけど中身がすごく楽しいな。魅力的だ」

「…………」

「そういうところを発見すると、可愛がってやりたくなる」

宰川の唇が、すぐ前に迫《せま》ってくる。だが以前のように強引《ごういん》に触《ふ》れてくるわけではなく、ほんのわずかな距離《きょり》を残し、ぴたりと止まった。

「……宰川さ……？」

「このまま触れてもいいか？」

「え？」

これまでそんな確認《かくにん》を取られたことなどあっただろうか。――ない。

志月はどうしよう、とうろたえた。

宰川は礼儀《れいぎ》正しく、それ以上は決して近付いてこない。

「あの、……ど、どうしたんですか、宰川さん」

「何が？」

「だってこれまでは何も言わず、……その、いきなりされていましたし」

すると宰川はふっと苦笑した。

「嫌《いや》だった？」

「それは、……びっくりしました」

「じゃあ、嫌じゃなかった？」

なんだろう、この睦言《むつごと》めいた、宰川の甘い声は。

恥《は》ずかしいけれど疑問でもあって、志月はちらりと間近にある宰川を見つめた。

「それで？」

「え？」

「触れてもいい？」

再度訊《き》かれ、やっぱりおかしいと思うし、自ら宰川に、キスしてもいいですよ、なんて絶対に言えない。

そんな志月の戸惑《とまど》いを察したのか、宰川の瞳がふと細められた。

「触れてもいいなら目を閉じて」

「……」

言葉でいいと言うよりほんの少しだけましというだけで、それもまた恥ずかしい。

けれど躊躇《ためら》いは一瞬だった。

宰川に触れてほしい、と自分こそが願う。

志月は鼓動《こどう》を高めながら、震《ふる》える瞼《まぶた》を閉じた。

宰川の唇が、軽く触れては離《はな》れ、離れてはまた触れる。

身体《からだ》は宰川が触れることに慣れてしまったが、心の方はそうはいかない。

愛情を交《か》わし合ったわけではないのに、触れ合うことを望んでいる自分。

心臓の鼓動は相変わらず速いし、快楽を得ることが不道徳に感じられ、ぎゅっと拳《こぶし》を握《にぎ》って震えを堪《こら》える。

「志月はいつから俺のファンでいてくれたんだ?」

口づけの合間に恥ずかしい質問をされる。黙《だま》り込むと、教えて、と甘く囁《ささや》かれた。

表面だけが触れる唇が、むずむずとくすぐったい。

志月はそっと答えた。

「デビューの頃《ころ》から、です」

「へえ。……その頃志月っていくつ？」

「十三歳です」

「十三の志月か。可愛《かわい》かっただろうな」

志月はふるりと首を振った。

「それは可愛くなかったっていう謙遜《けんそん》？」

「自分の顔、好きじゃなかったんです」

正直に告げる。

「どうして好きじゃなかったんだ？」

これを言ってもいいだろうか。……言ってもかまうまい。志月が箏だと、宰川は気づいていないのだから。

「女の子みたいな顔だったからです。だからすごく嫌《きら》いだった」

ぽつりと呟《つぶや》くと、宰川は無言でじっと見つめた。そして、静かに問い掛《か》ける。

「今は？　もう君を女と間違《まちが》う人間はいないだろう？　それでもやっぱりうつむいたままでいるのか」

宰川の声に、ハッと顔を上げた。

怒《いか》りは窺《うかが》えない。声同様静かな表情で、だがだからこそ宰川の感情が志月には分からなかった。

この年になっても、志月は大抵目を伏《ふ》せている。顔を上げて、真っ直《す》ぐ前を向くことができない。

つい目を伏せる癖《くせ》は子供の頃からで、『逃走者《とうそう》』の撮影《さつえい》中は、監督《かんとく》から顔を上げろ前を向けと、何度も注意された。

注意されて初めて己《おのれ》の癖に気づいたのだ。

もし、あのあとも役者でいたら、志月は今、どんな顔をしているだろう。

真っ直ぐ前を見ることができていただろうか。

「……癖なんです」

「顔を上げることはできない？」

くい、と顎《あご》を持ち上げられると、間近に覗《のぞ》き込んでくる。

宰川の瞳《ひとみ》にはいつだって迷いがない。渡米《とべい》した時だってきっと相当苦労しただろうに、帰国後、宰川はますます大きくなっていた。

その存在自体が美しいと、志月は心底思う。

宰川のように強く在《あ》れたら、そして宰川に軽蔑《けいべつ》されたくない、と。

「すぐには難しいかもしれないけれど……少しずつ、がんばります」

せめて宰川を真っ直ぐ見られるように。彼のどんな表情も、仕草も、目に焼きつけたい。

今の自分の精いっぱいを口にした志月に、宰川はこれまで見たことのないやわらかな微笑を浮《う》かべ、うなずいてくれた。

◆　◆　◆

アキラと万里が住む場所は都内のマンションと設定されているが、どんな間取りでどんな家財道具が置かれているかは、俳優当人がまず考えること、と言われていた。

3LDKのごく普通《ふつう》のマンションで、起業している万里の仕事部屋と私室、アキラの部屋、リビングにはあまり物が置かれておらず、ごくシンプルな生活空間ではないかと、宰川はイメージしているのだと言う。

志月もそれは同意見だった。

万里は子供の頃、旅館の仲居をしている母親と、地方を転々としている。

恐《おそ》らく荷物はあまり持たない生活をしていただろう。そしてそれは現在にも繋《つな》がっているのではないかと、志月は想像していた。

「確かに万里はそんな感じだな。ただそれじゃ素っ気無いか」

ふたりが住む場所として、特別な何かがあった方がいいかもしれないと首を傾《かし》げる宰川の隣《となり》で、志月はふと思いつく。

「桜、ってどうでしょう」

「桜？」

「逃走者のラストシーンです。すべてが終わって、アキラと万里が一緒《いっしょ》に桜を見るところ。散りかけている桜の花びらがスクリーンいっぱいに広がって、すごく綺麗《きれい》でした。多分万里は、桜が好きだと思います」

宰川はなるほどとうなずいた。

「アキラも好きだろうな。桜の写真か絵か。……写真か？」

「リビングに大きなパネルの桜の写真を飾《かざ》るというのはどうでしょう」

「いいな。カラーかモノクロか……」

「薄墨《うすずみ》桜という桜をご存じですか？　満開時には白い花が、散り際に薄墨色になるんだそうです。それでしたらカラーでも、リビングと調和すると思うんですが」

次々と溢《あふ》れてくるイメージに、喋《しゃべ》ることを止められなかった。普段《ふだん》自分から発言することの少ない志月だが、宰川は歓迎《かんげい》してくれているようだ。アキラと万里の住む部屋のイメージが、どんどん出来上がってゆく。

それはまるで、志月こそが万里を演じるかのような熱心さで、志月はアイディアを出すことに、次第《しだい》に夢中になっていった。

だが、

「どうしてマネージャーのあんたが、アキラと万里の部屋のアイディアを出してるんだ」

不機嫌《ふきげん》な声音《こわね》がその場に響《ひび》き、志月はハッと顔を上げてリビングの入り口へ顔を向けた。

羽村と高坂の姿が目に入った途端《とたん》、志月はサッと頰《ほお》を紅潮させ、身を震わせた。

ふたりが来たことさえ気づかずに、夢中になっていた。

困ったような顔の高坂と、あからさまにムッとした羽村の視線が向けられて、志月は思わずうつむいた。

「宰川さんも宰川さんだ。どうしてアキラと万里の住み処《か》をこの人と話し合うわけ？　万里は俺の役だろう？」

宰川は苦笑して肩《かた》を竦《すく》めた。その態度にカッとなったのか、羽村は歩を進めてきた。

「あんたさ、いまさら万里になろうなんて虫がよすぎるんじゃないか」

「――え？」

「あんたが篝なんだろう？」

「羽村くん！」

焦《あせ》ったような声は、監督の高坂のものだ。その声を聞いて、彼もまた志月が篝であることを知っていたのだと気づいた。

だが志月が怖《こわ》かったのは、羽村と高坂ではない。

隣に座る男へ、志月は視線を向けることができなかった。

「あのね、志月くん、聞いてほしいんだ。実は俺、君が篝であることを知ってたんだ。知って台本を渡《わた》した。——志月くん、役者をする気はないか?」

高坂の真剣《しんけん》な声が耳に入る。だが今の志月は、その高坂の問いに答える余裕《よゆう》はなかった。

志月が今一番気にしているのは宰川、ただひとりだったからだ。

宰川は知らなかっただろう。だから今、志月が篝であることを知って、どんなふうに思っただろう。それを知るのが怖かった。

だが同じくらい、宰川の思いを知りたかった。

抑《おさ》えようとしても抑えきれない、震《ふる》える手をぎゅっと握《にぎ》りしめ、志月はそっと宰川を見上げた。

「——」

宰川と目が合った途端、志月は息を止めた。

その顔にはなんの表情も浮かんでいなかったのだ。

驚《おどろ》きも、嫌悪《けんお》も、失望も……。

——宰川も、知っていたのか。

「……」

そう悟《さと》った瞬間《しゅんかん》、志月はその場にいることに耐《た》えられなくなった。

ソファから立ち上がり、全力でリビングから走り出す。そのまま家も飛び出した。

後ろで高坂の引き止める声が聞こえたが、もちろん止まれなかった。

恥《は》ずかしい、恥ずかしい……！

宰川に知られていた。志月が篝であったことを、もうとっくに気づかれていたのだ。

宰川はどう思っただろう。

十一年前、ともに『逃走者』に関《かか》わり、濃密《のうみつ》な時間を過ごしてきた篝の、現在のあまりの体《てい》たらくを。

可愛《かわい》がっていた、そしていつの場面でも手を差し伸《の》べた少年の、今の姿を。

失望はその目の中に見えなかったが、もしかしたらそんなものを飛び越《こ》して、なんて駄目《だめ》な人間なのだろうと呆《あき》れ果てていたのかもしれない。

志月は恥ずかしくてたまらなかった。

今の情けない自分の姿が。そして篝だと告白できず、初対面であるかのような振る舞いをし続けてきた己の弱さが……。

走って走って、息が苦しくなるまで走り続けた志月がようやく足を止めたのは、小さな公園の前だった。

冷たい空気に、喉《のど》がカラカラだ。微《かす》かな痛みを感じる。

志月は荒《あら》い呼吸が収まるまで、その場にただ立ち竦んだ。

「……は、……馬鹿だ僕は」

なぜ誰もが、自分が篝であることを知らない、なんて思っていたのだろう。

十一年前の篝と今の自分とでは、顔立ちなど別人だ。だが調べようとすればいくらだって調べられるに違《ちが》いない。

高坂は今回の映画を作るに当たって、主役のふたりをまず探しただろう。志月は芸能活動を引退したが、話題性を考えて篝を引っ張り出そうと考えたっておかしくない。

そんなどうでもいいことを考えるのは、宰川のことを考えるのが怖かったからだ。

宰川が今、志月のことをどう思っているのか。

「呆れてるに決まってるだろう」

ぽつりと呟《つぶや》く。

志月にとって、それが一番恥ずかしかった。

やがて息が整った志月は、これからどうしようと途方《とほう》に暮れた。

宰川の許《もと》へ、今すぐ戻《もど》れるほどの図太さは、志月にはない。結局向かえる場所といえば、家か会社か、それくらいしか思いつかなかった。

事務所に戻ろう、と思った。

夏英は今回のことを知っていたのだろうかと、ふとそんな疑問が頭を擡《もた》げたからだ。

「……」

志月は唇《くちびる》を引き結ぶと、『クロシェ』へと向かうことに決めた。着の身着のままで飛び出したから、コートはおろか財布すら持って来ていない。寒風が容赦《ようしゃ》なく吹《ふ》き荒《すさ》ぶ中、志月は肩を窄《すぼ》めてひたすら歩いた。


事務所についた時には、もうとっぷり夜が更《ふ》けていた。

暖かい事務所内に入るなり、志月は社長室へ直行する。

ノックのあと部屋に入ると、夏英は落ち着いた表情で志月を迎《むか》えた。

恐らく宰川か高坂辺りから連絡《れんらく》が入っていたのだろう。

志月はわずかに言い淀《よど》み、だがはっきりと視線を母に向け訊《たず》ねた。

「今回の映画のことで、母さんが知っていることを教えてほしい」

夏英は小さく息をつくと、座りなさい、とソファを指し示した。

志月がおとなしく浅く腰掛《こしか》けると、夏英の方は立ち上がり、窓の外に視線を向けた。

「今回の映画『夜を駆《か》け抜《ぬ》けろ』の最大手スポンサーが、万里役に箏を用意しろと言ってきているそうよ」

「……え？」

「製作発表の時、マスコミがずーっと篝のことばかり言ってたでしょう。スポンサーは篝を引っ張ってくれれば、映画の宣伝効果は抜群《ばつぐん》と考えているようね」

「……」

「高坂監督《かんとく》からあなたにオファーがあったわ。でもあたしはそれをあなたに伝えなかった。そして高坂監督にはこう言ったの。『もしあなたが志月を説得できるのなら好きにすればいい』ってね」

「……好きにすればいい？」

夏英は外の風景から志月へと視線を移し、真っ直《す》ぐに見据《みす》えてきた。

「あたしはねえ、あんなことがあって、あの時本当に後悔《こうかい》したのよ。あたしがあなたに女の子みたいな格好をさせて、事務所内を歩き回らせたりしなければ、旦那《だんな》の目に留《と》まることもなかっただろうし、芸能界デビューなんてしなかっただろうしね」

「……」

夏英が十一年前のことを口にするのは、今回が初めてのことだった。次第《しだい》に身を強張《こわば》らせてゆく志月を見つめる、夏英の瞳《ひとみ》もまた苦しげだ。

「しかもあなたが苦しんでいた時に、あたしときたら元旦那と大喧嘩《おおげんか》して入院騒《さわ》ぎまでやらかして、全然あなたの力になってあげられなかった。母親失格だわって、ホント落ち込んだわよ」

「……母さん」

夏英は苦いため息をつき、小さく首を振《ふ》った。

「でもね、志月。あなたはいつまでうつむいたまま、生きていくつもり？」

今まさにうつむいている自分。だがそう言われても、志月は顔を上げることができなかった。

「痛みとか傷とか、消そうと思って消せるものじゃないわ。きっとあなたは一生痛みを抱《かか》えていくんでしょう。それは嫌《いや》な経験で、今の自分に至った原因だとも思う。だけどそのことばかりに囚《とら》われて、今前にある道を一歩も進まないのはすごくもったいないって思うの」

「……」

「だってあなた、芝居《しばい》好きでしょう？」

小さく、小さく志月は息をつく。

「宰川と暮らしてみて、どうだった？」

「……宰川、さん？」

「あちこち軽く手を出すような男だけど、彼は魅力《みりょく》的でしょう。特に役者として。志月は刺激《しげき》を受けなかった？」

宰川と暮らして得たこと。

志月はその日々を振り返る。

「だから、ちゃんと考えなさい、これからのこと。あたしはあなたがどんな道を進んでもフォローするわよ。今度こそね」

夏英の温かな声。だがその声にすらも、視線を上げることができない。

ぎゅっと拳《こぶし》を握《にぎ》って、志月はただひたすらうつむき——そんな自分に、心底嫌気が差していた。

五　蟷螂《とうろう》の斧《おの》

本当の恐怖《きょうふ》の前では泣くことすらできないことを、その日幼い志月は初めて知った。目前の男の存在が、志月の背筋を凍《こお》らせ、喉を震《ふる》わせる。冷たい指で心臓をぎゅっと握りしめられたような、絶望的な恐怖。

「ようやくふたりきりになれた、僕の篝」

男の唇が何かを呟く。でも聞こえない。

微《かす》かに首を振る。だがそれを、男は拒絶《きょぜつ》とは取らなかったようだ。

にぃといびつに笑った。

「ずーっと見ていたんだよ、篝。君がデビューした頃《ころ》からずっとだ。手紙、読んでくれた？　毎日一通ずつ送ったんだけど」

「……」

「誕生日にはプレゼントも贈《おく》ったよ。大きなピンクのぬいぐるみ。篝はピンクが本当に似合うからね、好きだろう、ピンク」

男はまた、にぃ、と笑う。

ぞっとして、冷や汗《あせ》が背筋を辿《たど》った。

「そうだ、たくさん洋服を用意したんだ。ピンクや白のドレス。あとでお着替《きが》えをしようね」

男の言葉は独り言のようだった。目の前に志月がいるのに、その反応をまったく気にしていない。ただ己《おのれ》の気持ちを、思ったことを垂れ流しにしている。

大きな目だね。本当に可愛《かわい》い。

手首、細いね。握り潰《つぶ》してしまいそうで怖《こわ》いな。

大丈夫《だいじょうぶ》、優《やさ》しくしてあげるから。ここで、僕と一緒《いっしょ》に、一生暮らそうね。

ひとりで勝手に喋《しゃべ》り続けていた男が、不意に腕《うで》を伸《の》ばした。

その伸びてくる腕に、ひ、と喉《のど》が鳴る。

温《ぬる》い体温を感じさせる指が己の手首に巻きついて——恐怖の絶頂に、志月は悲鳴をあげた。

「触《さわ》るな——っ」

叫《さけ》び声が呼び水となったのだろう、硬直《こうちょく》していた身体《からだ》がようやく動き、激しく手足をばたつかせた。

「篝、かがりっ、暴れないで!」

「や……っ、嫌だ!」

「篝っ!」

「やあっっ」

埃《ほこり》っぽい床《ゆか》に押しつけられた。のしかかる男の身体が、志月を一層パニックに陥《おとしい》れる。

頑丈《がんじょう》な両手にがっちりと拘束《こうそく》され、真上から血走った両目が食い入るように志月を覗《のぞ》く。

「か、篝……」

ごくりと喉が動く様が、まるで悪夢のようにくっきりと視界に映った。

「頼《たの》むから暴れないで。もし動いたら、手と足を縛《しば》るからね。殴《なぐ》ってしまうかもしれない。綺麗なこの顔を傷つけたくないんだ」

寄せられる顔。頬《ほお》に当たる男の荒《あら》い息。ぞっとした。同時に絶望した。

叫びたいのに喉から冷たい塊《かたまり》が迫《せ》り上がってきて、声にならない。

男は両手を離《はな》すと、性急に志月の衣服を乱しはじめた。

直《じか》に肌《はだ》を触られ、嫌悪《けんお》に吐《は》きそうになる。

何をされるのか分からない恐怖。今年小学校を卒業したばかりの志月の想像を遥《はる》かに超《こ》える恐《おそ》ろしいことを、この男にされるのだ。

嫌だ、触るな。助けて。誰か助けて。

それら拒絶の言葉、助けを求める言葉は、声になっただろうか。

恐怖にがんじがらめにされている身体は、指一本も本人の言うことを聞いてくれなかった。

男の手が何かを探るようにあちこちを這《は》い回る。

もう駄目《だめ》だ。

これ以上男に触られるなんて我慢《がまん》できない。今、この感覚を遮断《しゃだん》できるのならば、死んだってかまわない。

舌を噛《か》めば死ねるだろうか。――無理だ、と聞いたことがある。そもそも舌すら志月は自由に動かせない。

絶望に目の前が真っ暗になる。男の手の動きが、少しだけ遠くなったような気がした。

気を失ってしまえればいいのに。そうすれば男に何をされても、覚えていない。

だが不意に男がぐい、と両足首を掴《つか》み、大きく開かされたところで、志月は再び恐怖のどん底に突《つ》き落とされた。

「――、や……」

これが現実だなんて。

この男から暴力を受けて、自分はこれまでと同じ生活を続けていけるだろうか。

――できっこない。

今この瞬間《しゅんかん》に男がこの世から消え去ったとしても、志月は一生、このことを忘れない。恐怖を思い出して震える日々を過ごすだろう。

暴力とはそういうものだ。身体だけでなく、人の心をも壊《こわ》す。

カタ、とごくごく小さな音が聞こえた。

志月の身体を弄《いじ》ることに夢中になっている男には、その音は聞こえなかったらしい。志月はぎくしゃくと音のした方――玄関口《げんかんぐち》へと目を向けた。

誰かが来たとしても無駄《むだ》だ。

男はふたつある鍵《かぎ》をどちらも締《し》めていたし、ドアチェーンまでもしていた。

希望はない。絶望だけだ。

だが、

「まどろっこしいな、貸せ！」

紛《まぎ》れもない、そんな声が聞こえた。その声は志月のよく知る人物のもので……。

次の瞬間、ガツッ！　と衝撃音《しょうげきおん》が響《ひび》いたかと思うと、アパートの薄《うす》い扉《とびら》を壊さんばかりに引き開けられた。

彼と、目が合った。

やっぱり彼だ。来てくれたのだ。

途端《とたん》、ぶわっと志月の双眸《そうぼう》から涙《なみだ》が溢《あふ》れた。

彼は土足のまま部屋に駆《か》け込んできた。そして志月の上に乗る男の襟足《えりあし》をぐいと摑むと、力任せに引きずりあげる。

「うわ、ぁっ！」

志月が暴れてもびくともしなかった男の身体は、まるで猫《ねこ》の子のように簡単に引っ張られ、放り投げられた。

そして彼の後ろから大挙をなして部屋になだれ込んできた幾人《いくにん》もの男たちに、四方八方取り押さえられた。だが志月の瞳《ひとみ》はもう男など見ていなかった。

己を救ってくれた彼をただひたすらに見つめ、震える両手を伸ばした。

「――う、さ……」

小さな声で請《こ》うた瞬間、志月は彼の逞《たくま》しい腕に抱《だ》きしめられた。

男には触られただけで激しい嫌悪を抱いたのに、彼の腕にはただただ安堵《あんど》しか感じない。

「大丈夫か？」

うなずく余裕《よゆう》もない志月を、ぎゅっとさらに抱きしめてくれる。

「悪かったな、遅《おそ》くなって」

志月は怖かったと涙を零《こぼ》しながら、力いっぱい彼にしがみついた。

頭を撫《な》でられ、背中をぽんぽんと叩《たた》かれた。優しい掌《てのひら》に、志月は声を上げて泣いた。

「脩さん――っ！」

わんわん大声で泣く志月を、彼はずっと抱きしめてくれた。

念のため病院に行く時もしがみついて離れない志月を抱きかかえ、ずっとそばにいてくれた。

伯母《おば》が血相を変えてやってきて、家に戻《もど》ることになっても、志月は彼から離れようとしなかった。

自分を危機から、そしてあの恐ろしい男から救ってくれた大好きな彼――宰川脩と、ずっとずっといたかった。

だが志月はその日以降、もともと人見知りの性質がもっとひどくなった。

人前に出るとガクガクと勝手に身体が震《ふる》える。人の視線が怖い。覗き込まれると顔を上げることができなくなる。

夜中に悪夢を見て飛び起き、そのまま怖くて朝まで眠《ねむ》れないことなど、しょっちゅうだった。

そんな志月に、人から注目を浴びる芝居《しばい》など、もうできるはずもなかった。

事件は秘されたが、それからすぐに志月＝篝は芸能界を引退した。

人の目が怖いという、役者として致命的《ちめいてき》な弱点を無理やり植えつけられたために。

あれからもう十一年がたつ。

男に拉致監禁《らちかんきん》されたあの日のことは、もうほとんど思い出すことはなかった。けれどあの時受けた心の傷は、いまだに治せていない。

身体への暴力は避《さ》けられたが、偏執《へんしつ》的で盲目《もうもく》的な視線が自分に向けられているかもしれないと思うと、他人が怖くて仕方がなかった。

いい加減に忘れたいのに。もともと弱虫で小心者の自分は、過去の痛みをそう簡単には忘れられないのだ。

もしまた再デビューをしたとする。だが自分はきっとあの頃《ころ》よりさらに弱くなっている。大勢の人間から視線を向けられて、今の自分が胸を張って顔を上げていることができるとは思えない。

芝居がしたい。万里を演じたい。

その気持ちは志月を突き動かそうとするのに、あと一歩のところでどうしても勇気が出なかった。

夏英のいる社長室を出て、うつむいたまま事務所内をぼんやり歩いていると、狩野くん、と明るい声がかかった。

以前マネージャーをしている女の子が月九に出演するのだと喜んでいた、同僚《どうりょう》の女性だ。

「なんだか久しぶりね。宰川さんのマネージャー、どう？」

「あ、……ええ、なんとかやってます」

「そう？　ああ和葉《かずは》、先に事務所に行ってて。すぐに行くから」

分かった、と返事をしたのは、同僚より背の高い十三歳、絶賛売り出し中の少女だ。

落ち着いた大人《おとな》っぽい顔立ちをした、理知的な瞳の少女をちらりと見れば、確かに篝——

昔の自分と、少しだけ似ていた印象を受けた。

もっとも自分は、こんなふうに堂々と顔を上げていることは少なかったが。

「本当に大人っぽいですね、彼女」

「うーん、まあね。まだまだ子供な部分はあるけど、頑張《がんば》り屋だし、仕事に対しては素直《すなお》な子だわ」

「守ってやってくださいね」

志月の静かな声に、同僚は一拍《いっぱく》置いて、もちろんよ、とうなずいた。

「狩野くんも大変だと思うけど、がんばって」

「……はい」

「映画、来週からクランクインでしょう。マネージャーのあなたまで危険だとは思わないけど気をつけて」

『気をつけて』の意味が分からず、志月は首を傾《かし》げた。

「あ、もしかして知らない？」

「何が、ですか？」

「『夜を駆け抜《ぬ》けろ』の周囲がかなり騒《さわ》がしくなっているみたい。前作の『逃走《とうそう》者』の熱烈《ねつれつ》なファンが、新作なんて気に入らないって言って、妨害《ぼうがい》行動をしているらしいのよ」

「――――」

「篝がね、出ないでしょう、今回。それで特に篝ファンが頭に来ちゃっているようで、篝が出ない映画のその後なんて必要ない、なんてアホなこと言って、嫌《いや》がらせをしているって聞いたわ」

志月はぎゅっと拳《こぶし》を握《にぎ》りしめた。

そんな、と呟《つぶや》く。

まさかそんな大事になっているなんて。

気をつけてね、ともう一度同僚は言って、その場から離《はな》れていく。

志月は同僚の言葉を何度も頭の中で繰《く》り返し、そうして根が生えたような脚《あし》を、ぎくしゃくと動かした。

もし志月が高坂の誘《さそ》いを断ったとしたら、映画はどうなってしまうのだろう。

スポンサーが、篝が出ないのならば手を引くなどと言い出したら、映画の企画《きかく》自体、駄目《だめ》になる可能性がある。

そのうえ前作の映画や篝のファンだという人間たちの妨害……。

映画はちゃんとクランクインするのか。

ハリウッドの仕事を蹴《け》ってまで日本に帰ってきた宰川。それだけこの映画に賭《か》けていただろうし、前作やアキラ役を大事に思っているのだ。だが映画の話が立ち消えになってしまったとしたら。

きっと憤《いきどお》るだろう。そして悲しむだろう。

志月の足は、再び宰川邸《てい》に向かっていた。

行ってどうなるものでもない。志月はまだ、篝に戻ることを決意したわけではない。

あの場所が怖い。こんな自分ではとても役者などできないだろう。それでも、志月の臆病《おくびょう》な
心の奥底で、このままでいいのかと言い続けている自分もまたいる。

迷い、躊躇《ためら》い、それでも志月は宰川の顔が見たかった。

弱い己《おのれ》の背中を、宰川ならばポンと押してくれるのではないかと、無意識のうちに期待して
いた。

そろそろ日付も変わろうかという時刻に宰川の家に着いた志月は、扉《とびら》の前でやはり躊躇《ちゅうちょ》し、
だが思いきってノブを捻《ひね》ると、重い感触《かんしょく》とともに扉が開いた。

煌々《こうこう》と灯《あか》りの点《つ》いた玄関《げんかん》ホールに一歩足を進めた志月は、まずリビングに向かった。

宰川の姿はなかった。

続いて二階までゆき、一番手前の寝室《しんしつ》をノックする。どうぞ、と返事があった。

志月は竦《すく》む心と足を叱咤《しった》し、扉を開けた。

「――――」

普段《ふだん》家の中ではいつもラフな格好をしている宰川だったが、今夜はスーツを着用していた。

出掛《でか》けるのか、と思い至った志月は、急《せ》かされるように謝罪を口にした。

「あの、今日はいきなり飛び出してしまってすみませんでした」

頭を下げる志月に、いいよと返す宰川の声は普段とほとんど変わらなかった。だが変わらないことが逆に苦しい。

宰川は志月のことなどなんとも思っていないのだ、と思い知らされるようで。

「今夜は……どちらへ」

「ああ、これは今帰ってきたところ。スポンサーのお偉《えら》いさんと会うからついてこいと高坂に言われてな」

窮屈《きゅうくつ》だったと肩《かた》を竦めながら、宰川は上着を脱《ぬ》ぎ、ポンとベッドに放り投げた。

「そんなドアの前で突《つ》っ立ってないでこっちにおいで、志月」

宰川の誘いに、志月はおずおずと歩を進めた。

「……高坂監督《かんとく》は、何か仰《おっしゃ》っていましたか」

「ん？　まあおまえに逃《に》げられてがっかりしていたが、仕方がないだろ。おまえは篝に戻《もど》るつもりはないんだろうから」

ごく軽くそう言われて、なおも逸《はや》るのは、宰川が望む言葉をくれないからだろうか。

「――僕はそれでいいんでしょうか。スポンサーが篝を出せと言っていると聞きました。前作のファンが妨害しているとも……」

「志月」

宰川の呼ぶ声はとても静かだった。

「おまえはスポンサーが出せと言うからとか、ファンが望んでいるからとか、そういう理由で復帰しようか迷っている、なんて言わないよな」

「……え？」

「おまえ自身の気持ちはどうなんだ。他人にどう言われようと望まれようと、おまえ自身がやりたいと思うことがまず先なんじゃないのか」

「――」

志月はハッと息をのんだ。

「正直なところ、俺にとって万里は羽村よりおまえの方が近いよ。万里っていう人間を、おまえが一番理解しているんだろうから。――だが演じたいという気持ちが希薄《きはく》で、それ以外のことに対し竦んだり怖《こわ》がったりしているようなら、おまえは復帰するべきじゃない」

その時の自分の気持ちを、どう表現したらいいだろう。

宰川には己のあざとい想《おも》いが透《す》けて見えたのだ。だがそれを嫌悪《けんお》せず、大人の包容力でやんわりと諭《さと》してくれている。

この場から消え失《う》せたくなるほど恥《は》ずかしい。

志月は宰川に言ってほしかった。

万里を演じてほしい、戻ってこい、と。

宰川に望まれれば自分はがんばれるかもしれない。万里を演じられるかもしれない。そんなおこがましいことを考えていた。

宰川が歩み寄ってくる。だが志月はうつむいたまま決して顔を上げなかった。

「おまえがあの時、どれほど傷ついたのか見ていた。気持ちの方に、どれほどの傷を負ったのかも。——だが言わせてくれ。おまえは、おまえを傷つけた人間に負けたままでいいのか？」

「……負けた、まま」

「このまま一生あの時の出来事を引きずって、本当にしたいことから遠ざかって。それでおまえは満足できるのか」

宰川の言葉が胸に突き刺《さ》さる。正しい言葉だからこそ志月を傷つけ、堪《たま》らない気持ちにさせた。

「僕は……あなたのように強くない。またあんな目を向けられて、同じ目に遭《あ》わされたらと思ったら怖くて。怖くて堪らない。だから僕は、あなたが今いる場所には行けない。行きたくても、もう絶対に行けないんだ……！」

頑《かたく》なにうつむいたまま、志月は呻《うめ》くように叫《さけ》んだ。

弱虫な自分が憎《にく》い。演じたくてたまらないのに、竦む身体《からだ》が悔《くや》しい。

だが今ここで顔を上げられない自分が、大勢の人間の前に立てるとは、とても思えない。

結局志月は、十一年前に自分を傷つけたあの男に負けたまま、忘れたくても忘れられず、一生引きずっていくのだ。

やりたいこともできず。

大好きな宰川の顔を、真っ直《す》ぐ見ることすらできず――。

六　花ひらく純真

「なんだ、あんたまだいたんだ」

翌日やってきた羽村に相変わらずの嫌《いや》みを言われたが、いちいち突っかかってくる彼を気にしている余裕《よゆう》など、志月には到底《とうてい》なかった。

宰川の言葉が胸の内でぐるぐると回り、一日中志月を苛《さいな》む。

考えろ、もっと勇気を出せと言う、その前向きな思いが志月には辛《つら》くて、その場に蹲《うずくま》ったまままもうどこにも動きたくなかった。

宰川の顔を、今は見たくないと思いながら、それでももうこの館を飛び出すような愚挙《ぐきょ》はすまいと必死に堪《こら》える。

そんな志月の前で、羽村はいつものようにひどく傲慢《ごうまん》に振《ふ》る舞《ま》った。だが今の志月からすれば、羽村の言葉にいちいち反応していられない。結果羽村は無視されていると思ったのか、ますます苛烈《かれつ》なことを言い出した。

「なんか辛気臭《しんきくさ》い顔してるなあ。あんたホントに篝？　あーあ、やっぱり人間零落《おちぶ》れたくないなあ。輝《かがや》きのなくなった元芸能人なんてサイアク」

言いたい放題の羽村に、さすがに嫌気が差した志月は、近所の店に買い物に行ってきますと宰川邸をあとにした。

「篝！」

だが何を思ったのか、羽村がついてきた。

「……篝とは呼ばないでください」

「ああ、もう篝じゃないもんな」

何かひと言嫌みを言わなければ気が済まないらしい。

志月がため息をつくと、その音を聞き咎《とが》めた羽村がピン、と眉《まゆ》を吊《つ》り上げた。

「あんた、復帰は絶対しないって言ったそうだけど、本当かよ」

なんだ、と志月は拍子抜《ひょうしぬ》けした。

羽村は志月が戻ってこないか不安になっているだけなのだ。だからいつもいちいち突っかかってくるのだろう。

「……もし僕が万里を演《や》りたいと高坂監督に言ったら、君はどうなるんだろう」

これくらい嫌みを返してもいいだろうと思う。だが次の瞬間《しゅんかん》、志月が想像していたものとはまったく違《ちが》う反応が返ってきた。

「え、マジ？」

てっきり許さないとかやめろとか大声でわめくのかと思っていたのに、羽村はやけに真剣《しんけん》な顔をして志月を覗《のぞ》き込んできたのだ。

「な……？」

その反応が不思議で、志月が首を傾《かし》げかけた時、普段《ふだん》車の通りのほとんどない細道に、黒のワンボックスカーが猛《もう》スピードでやってきた。

「――!?」

車はふたりのすぐそばで急停車する。

そして志月が戸惑《とまど》っている間に、車からバラバラと数人が降りてきたかと思うと、ふたりを取り囲んだ。

「羽村耀司だな」

「なんだよおまえら、だったらなんだって言うんだ」

羽村の問いにも男たちは無言だった。そして羽村の腕《うで》を掴《つか》み、車に引きずり込もうとする。

「ちょ……っ、何を……!?」

誘拐《ゆうかい》――!?

志月は真っ青になって、羽村を助けようと彼の腕を掴んだ。――が、志月もまた男たちの手に捕《と》らわれ、羽村とともに車の中に押し込まれてしまった。

「い……っ」

手荒《てあら》に扱《あつか》われ、ぞくぞくと恐怖《きょうふ》が背筋を這《は》い上がってくる。

まさか、本当に、誘拐……？

車はふたりを押し込んだあと、再び猛スピードで走り出した。

「なんだよおまえら……！　何が目的だ!?」

羽村が怯《おび》えながら男たちに嚙《か》みつくが、全員無言のままだ。

——これは現実だろうか。

悪い夢ではないのか。

だが手に滲《にじ》む汗《あせ》も、隣《となり》に座る青褪《あおざ》めた羽村の顔も、これが現《うつつ》であることを志月に教える。

いったい何が起きているのか分からないまま、志月は突然《とつぜん》身に降り懸《か》かった凶事《きょうじ》に身を竦《すく》め、震《ふる》えながらうつむいた。

◆　◆　◆

志月たちが連れてこられたのは、人気《ひとけ》のない工場跡《あと》だった。

雑然と荷物が積まれた元工場内は薄汚《うすよご》れ、窓ガラスもところどころ割れている。

そこから寒風が中に吹《ふ》き込み、一層寒々とした感覚を志月に与《あた》えた。

男たちは志月と羽村を特に縛《いまし》めることはなかったが、ずっと無言のまま通し、それがひどく恐《おそ》ろしい。

突《つ》き飛ばされて、汚れた床《ゆか》に転がると、ふたりの周囲を男たちが取り囲んだ。

総勢八人、チンピラ風もいればスーツを着ている者もいて、いったい何が目的で集まったのか、まったく予想がつかない。

「おまえたち、なんなんだよ」

羽村が震えながら何度目かの問いを投げると、ようやくひとりの男が進み入ってきた。

「『夜を駆《か》け抜《ぬ》けろ』にさ、なんで篝じゃなくておまえが万里役で出るわけ？『逃走者《とうそう》』のその後？　そんなん観《み》たくもねえ」

「――――」

「な、なんだよそれ。おまえら篝のファンかよ……!?」

羽村の叫びに、男たちはそうだとうなずいた。

その瞬間、志月はぞっと背筋を強張《こわば》らせる。

十一年前のこと、その時の恐怖までも鮮明《せんめい》に思い出した志月は、震える唇《くちびる》を噛みしめた。

これが同僚《どうりょう》の言っていた、逃走者と篝のファンだ。

妨害《ぼうがい》行動に出ていると言っていた。だがまさかこんな誘拐までやらかすなんて……。

「俺じゃなく篝を出せって？　篝はもう引退しているんだ。出演なんてするわけがないだろう」

「そんなことないさ。中のスタッフに聞いてみたら、監督《かんとく》は秘密裡《ひみつり》に篝に連絡《れんらく》を取っているっていうじゃないか。だがもうキャストが決まっているってことで、出演を渋《しぶ》っていると言う。だったらおまえが怪我《けが》なりなんなりして役を降りれば、きっと篝はやってくるさ」

「――そんな」

まさか本当にそんなことを思っているのだろうか。

志月にはとても考えられない。

自分の望みのために羽村を――人を傷つけようとするなんて。

以前志月をストーカーしたうえに誘拐し、自分ひとりのものにしようとした男とまったく変わらない輩《やから》……。

さもそれが正しいことであるかのように、己の望みを傲然《ごうぜん》と押しつけてくる。

宰川や羽村がいる世界は、どうしたってこんな人間たちを惹《ひ》きつける。理不尽《りふじん》な欲望を勝手に募《つの》らせ、手を伸ばしてくるのだ。

怖《こわ》い。

そんな場所に戻《もど》りたくない。志月は誰の目にも留まらず、静かに平穏《へいおん》に日々を暮らしていきたい。

芝居《しばい》をしたいという想い、宰川の隣にいたいという願い。それも嘘《うそ》じゃないのに、恐怖を前にして志月の足はやっぱり竦んでしまう。

『おまえは、おまえを傷つけた人間に負けたままでいいのか？』

うつむく志月の脳裏に、宰川の声が響《ひび》いた。

負けたままで、いい？

暴力を向けられれば誰だって怖い。怖いと思うのは当たり前の感情だ。

まだ少年だった志月の肌《はだ》を嫌らしく触《さわ》り、己の欲望を遂《と》げようとした男が、ほかにいないとは限らない。

またあんな目に遭《あ》ったら……。

物理的な何かに、ぎりぎりと縛められているように胸が痛む。

心臓が鼓動《こどう》を信じられないほど速く刻み、苦しくて志月は小さく息をつく。

負けたままで。

また宰川の声が聞こえる。

負けたままで、――いいわけないのに。

男たちはついでに連れてきた志月のことなど見ておらず、羽村に視線を集中させていた。

「とりあえず顔をボコれば、暫《しばら》く外に出られないんじゃねえ？」

ぐい、と羽村が胸元《むなもと》を摑まれて、強引《ごういん》に立ち上がらされた。

「う、わ……っ」

ハッと視線を上げると、羽村は恐怖に顔を強張らせ、真っ青になっていた。

志月もまた青くなりながら、唇を戦慄《おのの》かせた。

「やっちまえ！」

まさに羽村が殴《なぐ》られそうになった瞬間《しゅんかん》、

「やめろ！」

志月は思わず叫《さけ》んでいた。

ピタリと拳《こぶし》を止め、男が胡乱《うろん》げに志月を見下ろす。

志月は恐怖に苛《さいな》まれながら、それでも立ち上がった。そしてうつむかせていた顔を、ゆっくりと、だが確実にあげてゆく。

そうして羽村の襟首《えりくび》を掴む男を、真っ直《す》ぐに見据《みす》えた。

「なんだよてめえは。おまけに連れてきたんだから、おとなしくしとけ。おまえも殴られたいんか？」

「……」

じり、とほかの男たちが輪を狭《せば》めてくる。

恐怖に心臓がおかしくなりそうだ。

だが志月は血が滲むほど唇を嚙みしめ、そうして男たちを睨《にら》みつけた。

「――僕が篝だ」

静かに宣言する。

「はあ？」

「何言ってんの、あんた」

「そんなワケないだろう？」

口々に嘲笑《ちょうしょう》する言葉。だが志月は、それらの言葉には不思議なほど傷つかなかった。むしろそれでわずかだが落ち着いたといっていい。

志月は宰川に与えられた眼鏡《めがね》を外すと、スーツの胸ポケットに入れた。そしてあらためて男たちひとりひとりに視線を当て、最後に羽村の前にいるスーツ姿の男に目を向けた。

「君たちが信じようと信じまいと、僕が篝だ。先刻君が言っていたことは本当のことじゃない。僕は、羽村くんが怪我をしたとしても映画に出演するつもりはない。……なかった」

今はただ、負けたくないという想いしかない。

人々の視線に、向けられる悪意に、歪《ゆが》んだ好意に、そのすべてに。

「てめえが篝っていうなら証拠《しょうこ》を見せてみろ」

「証拠。……あいにく身分証明も何も持っていない」

「そんなん必要ねえ。篝なら万里を演じられるだろう」

「――」

志月は一瞬押し黙《だま》った。一度だけ目を伏《ふ》せ、だが強い決意の下、志月は視線を上げた。

『君たちのしていることは犯罪行為《こうい》だ。——と言っても、そんなことは百も承知の上なんだろう。何が望みだ』

『夜を駆け抜けろ』で、万里と異母弟の雄仁が誘拐《ゆうかい》をされるという場面がある。クライマックスシーンだ。

万里は囚《とら》われの身になりながらも終始落ち着いており、相手と冷静に交渉《こうしょう》を始めた。

『金？　そちらが向こうからどれほどの金を積まれているか分からないが、僕たちをこのまま解放してくれれば、その倍の額を払《はら》おう』

「——」

ふたりを攫《さら》った男たちは、ざわりとわずかにざわめき、そうして互《たが》いの顔を見合わせた。

志月——万里はそこでにっこりと微笑《ほほえ》んだ。

まるでそれはごくごく近しい、愛情を抱《いだ》く相手に対するかのような微笑で、男たちばかりでなく、床にへたり込んでいる羽村すらも、ポカンと惚《ほう》けて見ていた。

『君たちが付き合っているのは、もしかしたら榎本《えのもと》組かな。あそこの状態を知っている？　三日前に、杯《さかずき》を交《か》わした格上の佐々木《ささき》組から切られたことを。どうやら組長がやんちゃをやらかしたらしい。あそこはもう長くは保《も》たないと思うんだが、君はどう思う？』

ひょいと肩《かた》を竦《すく》め、万里はあどけなく男に問いかける。

「…………」

『ところで僕たちの命の値段、三千万、……じゃあ少なすぎるな。ひとり一億はどうだろう。僕はヤクザじゃない、実業家だ。金のやり取りに関しては絶対に裏切らない。後々のことを考えて、値段をケチることもない。僕らを殺ったところで、今の榎本組から金をもらえるとは思えないんだけど』

どうする？　と訊《たず》ねる万里の声は、堪《たま》らない誘惑《ゆうわく》に満ちている。さらに言えば、あまりにも落ち着き払った見事な交渉に、その場にいた全員が、シンと黙り込んだ。

その時だ。

ガランとした工場内に、黒いボディの車が猛《もう》スピードで突《つ》っ込んできた。

耳を劈《つんざ》くガラスの割れる音、爆音《ばくおん》を響かせるエンジン音、それらにその場にいた全員が呆気《あっけ》に取られていると、目の前に車が急ブレーキで止まった。

「うわ……っ！」

危《あや》うく轢《ひ》かれそうになった男もいて、志月はぞっと肝《きも》を冷やした。その車から降りた男の顔を見て、愕然《がくぜん》とその場に立ち竦む。

「宰、川さ……？」

なぜ、ここに彼――宰川が。

志月の頭の中は大混乱だ。

だが黒のスーツと黒のサングラスを着けた宰川は、怒声《どせい》をあげて飛びかかる男たちを放り飛ばし、床《ゆか》にねじ伏せ、軽々と倒《たお》してゆく。

「……」

すごい、と志月はそのあまりにも鮮《あざ》やかな手際に見惚《みと》れた。

だが志月はすぐに気づく。

あれは宰川ではない――アキラ、だ。

容赦《ようしゃ》なく相手を倒すその冷淡《れいたん》さは、アキラそのものだった。

総勢八人、宰川――アキラはたったひとりで、あっという間に倒してしまった。

「……」

パン、と手を払った宰川《アキラ》を、志月はただただ見つめるばかり、声が出てこなかった。

そこへ、

「カット――！」

素晴《すば》らしく晴れやかな声がその場に響いて、志月はぎくりと首を竦めた。

「……な、に」

慌《あわ》てて周囲を見回すと、ドンッ、と何かがぶつかってきた。

「な、……た、高坂監督《かんとく》、……？」

「すごくよかった、今の演技！　さすが篝。最高っ」

自分より華奢《きゃしゃ》な高坂がぎゅうぎゅう抱きついてくる。

何がなんだか分からない志月は、だが高坂の後ろから何人もの男たちがやってくるのを見て、

しかもそのうちのひとりがカメラを肩に担いでいるのを目にした途端《とたん》、嵌《は》められた、と悟《さと》った。

高坂を抱きつかせたまま辺りに目をやると、志月と羽村を誘拐してきたはずの男たちは、実に朗らかに笑いながら立ち上がっている。そして、

「ちょっと宰川さん、本気で殴ってませんでした？　すげー痛かったんですけど」

「そう？　鍛錬《たんれん》が足りないんじゃないか？」

そんなふうに軽口を叩《たた》き合っている。

次に志月が目を向けたのは羽村だった。だが羽村もまたすっきりと背筋を伸《の》ばし、志月と目が合うと人懐《ひとなつ》こい顔でにこりと笑った。

出会ってこの方、そんな笑顔《えがお》を彼から向けられたことなどなかったから、志月が言葉を失っていると、羽村は軽快な足取りですぐ近くまでやってきた。

「改めまして、万里の異母弟、見城雄仁役の羽村耀司です。以後よろしく」

「——雄仁、役？」

羽村は綺麗《きれい》な白い歯を見せて、悪戯《いたずら》っぽく志月を覗《のぞ》き込んでくる。

「俺の演技、どうでした？」

「……演技」

「苛《いじ》めっ子役。結構嵌まってたと思うんですけど」

では、何か。出会って以来ずっと嫌《いや》な態度でいたのは、演技だったとそういうわけか。

「どういうことです。こんな、大掛《おおが》かりな誘拐劇までやってみせて、……何を考えているんですか！」

志月は顔を強張《こわば》らせたまま低く叫《さけ》んだ。

志月は肩で息をして、高坂の腕《うで》を振《ふ》り払った。そして半ば駆《か》けるように歩き出した。

ひどくやりきれない思いでいっぱいになる。

男たちが羽村に殴《なぐ》りかかろうとした時、志月は本当に怖《こわ》かったし、自分が篝だと名乗る時も、一生分の勇気を振り絞《しぼ》った。

……なのにあれらはすべて芝居だった。

自分だけが知らされず、嵌められていた。

あの時の感情は本当のものだ。志月は男たちに負けたくなくて、恐怖《きょうふ》を乗り越《こ》えることができた。けれどそれは仕組まれたものだった。それが志月には悔《くや》しくて堪らなかった。

元工場を出ると、志月は黙々《もくもく》と歩いた。

目が潤《うる》んでいるのが分かる。今にも涙《なみだ》が零《こぼ》れそうで、でも泣くのもまた悔しかったから、懸《けん》命《めい》に涙を堪《こら》えていた。

後ろから特徴《とくちょう》のあるエンジン音が聞こえたかと思うと、志月の目の前で止まる。

マセラティ3200GTから出てきた宰川に、けれど志月は目も向けなかった。そのまま車を避《よ》けて再び歩き出そうとした志月を、宰川の手が強く引き寄せる。

「離《はな》してください」

「その前に話をしよう」

「しません。離してください」

感情的になりたくないからぶっきらぼうにそう告げると、あろうことか宰川はくすりと笑った。

「——何を笑っているんです」

キッと睨《にら》みつけ……失敗した。

宰川のやわらかな微笑みを直視した志月は、そのまま言葉を失い、我知らずその笑顔に見入ってしまったのだ。

「志月は結構、感情の振り幅《はば》が激しいな」

「……あんなことをされて、怒《おこ》らない方がおかしいでしょう」

「確かにそうだ。おまえが怒るのは当然のことだ」

「だったらどうして笑うんです」

「そうやって怒っていても可愛《かわい》いな、って思ってな」

——可愛い。

顔に出したくないのに、そう言われてすら、と頰《ほお》に血が上ってくる。

「志月、話をしよう。話したいことがあるし、俺もおまえから聞きたいことがある」

車に乗って、と優《やさ》しく囁《ささや》かれてしまえば、志月は白旗を揚《あ》げずにはいられない。

極上の笑顔を向けられて、それでも怒りを持続させることは、志月には困難だった。

所詮《しょせん》自分が、宰川に敵うわけがないのだから。

◆
◆
◆

宰川は自宅に戻《もど》ると、リビングではなく二階の寝室《しんしつ》まで志月を引っ張っていった。

ベッドの上で話をするなんて落ち着かないと言ったのに軽く無視され、結局宰川の思いどおり、並んで白いシーツの上に腰掛《こしか》けることになる。

「最初に何を話そうか」

宰川の穏《おだ》やかな声に誘《さそ》われて、志月はゆっくりと顔を上げた。

「……宰川さんは、最初から僕が篝だってことを知ってたんですか」

宰川は、いや、と軽く首を振った。

志月はホッと安堵《あんど》の息をついた。

最初から宰川もすべてを知っていて仕組まれていたのだとしたら、立ち直れそうもない。

「じゃあ、いつから？」

羽村が、志月は篝だとばらした時には、宰川はもう知っていたように見えた。

「台本の読み合わせをした時」

「……まさか」

思わず否定の言葉が出てしまった志月を、何がまさか？　と訊《たず》ねてくる。

「だってセリフをちょっと言っただけですよ。もう十年以上経っていて、声も顔も変わっているのに、どうして分かったんです」

「確かに声は変わったけど、意外と人間の話し方っていうのは変わらないもんだぞ。抑揚《よくよう》とか、話すトーンとかな。志月のセリフの発し方は篝の頃《ころ》とあまり変わってなかったし、それにセリフだけじゃない」

「セリフだけじゃない？」

「あの時志月が浮《う》かべた表情、覚えてるか？　困ったような、呆《あき》れたような、だがアキラを受け入れて笑う、あの表情。あれ、篝のまんまだった」

再会して以来、志月はいつだって宰川に対して構えていたし、緊張《きんちょう》もしていた。だからはっきりとした微笑《ほほえ》みを宰川に向けたことは、ほとんどなかったのだ。

「……篝の、まま」

「笑顔がな」

ふっと微笑みを見せる宰川こそ、以前の彼が思い出されて、志月は懐《なつ》かしく目を細めた。

「今回のことを最初から知ってたのは、高坂と夏英さん、羽村もだな。ついでに言えば、志月を俺のマネージャーにっていうのも、高坂と夏英さんの間でそうしようって話したようだ」

「……」

「今回のシナリオ——俺と志月を会わせるところから、さっきの誘拐劇《ゆうかいげき》まで——は全部高坂が考えたことだそうだぞ」

「……とてもそんなふうには見えません」

無邪気《むじゃき》に見える高坂が、すべてを仕組んだとは。

「知らなかったか？　あいつあんな人畜無害《じんちくむがい》風の童顔だが、映画のこととなると、むちゃくちゃやらかすヤツなんだよ」

「……」

映画作りにのめり込みすぎて三年大学卒業が遅《おく》れたというが、それはよほどのことだろうと、志月はぐったり肩《かた》を落とした。

「それで」

「はい？」

「今度は俺から質問。万里役を引き受けるのか」

宰川の射抜《いぬ》くような強い瞳《ひとみ》を受けて、志月はいつもの癖《くせ》でうつむきかけた。だがそれをぐっと堪える。

「正直に言います。さっき万里を演じていて、すごく緊張したけど、すごく……楽しかった。芝居《しばい》がしたくて、ずっと身体《からだ》の中でくすぶっていた何かが、あの瞬間《しゅんかん》パッと燃え上がったように思いました」

「うん」

だけど、と志月は呟《つぶや》く。

「……まだ怖いって思っています。さっきのは結局芝居だったけど、また攫《さら》われて、男たちの暴力的な面をすぐ目の前で見せられて、本当に怖かった」

またうつむきそうになるところを必死になって我慢《がまん》していると、ス、と宰川の腕が背に回り、志月を引き寄せてきた。

胸に頬が当たった瞬間どきりとしたけれど、宰川の腕は優しく、ただ志月を憩《いこ》わせようとしているだけと思えた。だから志月は思いきって身体から力を抜く。

「でもあの時、宰川さんの声を思い出したんです。負けたままでいいのか、って言葉。――僕は小心者で怖がりで、受けた仕打ちをいつまでも忘れないしつこい性格で……でも負けたくないって、あの時、本当に思いました」

えらいな、と子供のように背中をぽんぽん、と叩《たた》かれて、志月は笑みを零《こぼ》した。そして笑顔のまま顔を上げ、宰川を見つめる。

「僕は万里が演《や》りたい。……宰川さんと、また芝居がしたいです」

落ち着いた、静かな声。だがそれは過去を振《ふ》り捨て、未来へと一歩を踏《ふ》み出そうとする、志月の宣言に他ならなかった。

宰川は目を細め、そうか、とうなずいた。

「僕、がんばります」

決めたからには全力で取り組みたい。志月はそっと宰川の胸を押し、きちんと台本に目を通そうとベッドから立ち上がろうとした——ところを、ぐいと軽く腕《うで》を引かれ、ベッドに倒《たお》れ込んでしまった。

「あ……ッ!?」

そして上から宰川にのしかかられて、志月は目を白黒させた。

「じゃあ仕事を始める前に、共演者同士もう少し仲良くしておこうか」

にっこり笑う、上に乗る男に、は？　と間抜《まぬ》けな声をあげてしまう。

「アキラと万里は、こういう関係じゃなかったっけ？」

「それは宰川さんの妄想《もうそう》です。アキラと万里は絶対清い関係に決まってるんです！」

勢い込んでそう言うと、宰川は、ふーん、と意地悪げに笑った。

「じゃあ、ちょっと試してみようか」

「試す、って……」

次の瞬間、宰川の雰囲気《ふんいき》がガラリと変わった。

それまで浮かべていた笑《え》みはどこへいったのか、切なげに眉根《まゆね》を寄せ、見つめる瞳は真摯《しんし》でありながら、戸惑《とまど》いにゆらゆらと揺《ゆ》れている。

「――っ」

『万里、どうか俺を受け入れてくれ。俺はおまえじゃないと駄目《だめ》なんだ』

触《ふ》れそうで触れない、そんな際《きわ》どい距離《きょり》を保ちながら、宰川――アキラは万里へと懇願《こんがん》する。

受け入れてくれ、と。

ずるいと言いたいのに、声が出ない。

目前にある、男らしい彼の顔があまりにも魅力《みりょく》的で。

簡単に屈《くっ》しそうになって、駄目だと志月は懸命《けんめい》に首を振った。

『俺を拒《こば》むな。……拒まないでくれ、万里……』

「あ……」

頰《ほお》に指が触れる。そっと撫《な》でる、泣きたいくらい優《やさ》しい感触《かんしょく》に、志月の心の奥深くがとろり、と蕩《とろ》けてしまいそうになる。

『万里、……愛している』

愛を囁《ささや》く声が、決定打だった。こんな男に乞《こ》われて、拒絶《きょぜつ》できる人間がいたら教えてほしい。

誰にともなく言い訳した志月は、とうとう目を閉じてしまった。

「志月の負け」

だが次の瞬間、明るい声に負けを宣言されて、志月は慌《あわ》てて目を開けた。と、ちゅ、と唇《くちびる》を奪《うば》われて、思わず小さな声が溢《あふ》れ出た。

「あっ」

のしかかる男がにやりと笑っているのを見上げて、カッと頬に血の気が走る。

「さ、宰川さんっ、アキラや万里で遊ばないでください……!」

「志月はアキラで迫《せま》った方が素直《すなお》なんだよな。すぐに目を閉じる」

「あ、ぅ……」

「もしかしてアキラみたいな男が好みか？　そしたらじっくりたっぷりしつこく丁寧《ていねい》に愛してやるけど。ちなみに俺を選んだ場合、基本優しいけど少し意地悪が入るが、どっちがいい？」

どっち、って言われたって選びようがない。

「あの……」

「うん？」

「あの、普通《ふつう》でお願いします」

途端《とたん》、宰川は噴《ふ》き出した。

宰川の手により、纏《まと》っていたスーツの上下を脱《ぬ》がされ、その下のシャツや下着もまた、程なく肌《はだ》から去ってゆく。

初めて宰川に己《おのれ》の裸体《らたい》を見せるのが恥《は》ずかしく、無意識の内に身を捩《よじ》らせると、駄目だ、というように肩を押さえ込まれた。

「宰川さんは、……脱がないんですか？」

アキラ仕様の黒のスーツは、もちろん宰川に似合っているけれど、自分だけ肌を曝《さら》しているのがなんだか納得いかない。

志月の可愛《かわい》い文句に宰川は笑い、彼もまた上半身から衣服を取り去った。

宰川の温かな掌《てのひら》がゆっくりと首筋を擦《さす》り、鎖骨《さこつ》、肩、二の腕と辿《たど》ってゆく。

「昔はさすがに庇護《ひご》欲しかなかったが、ずいぶんといい感じに育ったもんだな」

「そ、その節はお世話になりました」

おかしな礼を言う志月がおかしかったのか、宰川は笑い、どういたしましてと返してきた。

「あの頃《ころ》、僕は宰川さんをすごく頼《たよ》っていて、大好きで、初めて芸能界に入ってよかったって思ってたんです。……宰川さんに会えてよかったって」

「大好きだったんだ、俺のこと」

「もちろんです」

ストーカー、という名称《めいしょう》が日本ではまだほとんど聞かれなかった頃のことだ。

男につきまとわれて、おかしな手紙や気持ち悪い写真が直接志月に送られてきていた。

父母とは離《はな》れて暮らしているから相談などできず、伯母《おば》や兄、マネージャーにも心配をかけたくなくて、志月はひとりで悩《なや》んでいた。

そんな志月の暗い表情に気づいて、宰川は何かと気にかけてくれていた。

少女のような篝が実は少年であることを知って、フォローまでしてくれた。

男に攫われた時だって、一番に助けに来てくれた。

優しくて大きくて頼りがいがあって。そんな宰川に、志月は心底頼り、甘えていた。

「じゃあ今は？」

「……」

その問いには、一拍黙《いっぱくだま》り込んだ。

「なんでそこで黙る？　もしかして特別な感情は全然ないとか？」

「そんなはずないじゃないですか……！」

「じゃあ言って？」

余裕《よゆう》ある笑顔《えがお》がちょっと憎《にく》らしい。一度くらいは宰川を驚《おどろ》かすことができないだろうかと無謀《む ぼう》なことを思った志月は、生まれて初めて自分から相手にキスをする、という行動に出た。

近付く途中《とちゅう》で目を閉じてしまったからちょっと場所が外れたが、自分的に十分満足する。だが次の瞬間《しゅんかん》、噛《か》みつくように宰川に口づけられ、目眩《めくるめ》く大人《おとな》のキスを受けた志月は、ぐったりと力なく横たわった。

「可愛いキスのお返し」

ぺろりと舌で唇を舐《な》める、その仕草が獣《けもの》っぽくてぞくぞくする。

自分の両の目は、きっと潤《うる》んで物欲しげに見えるだろう。

志月は、宰川のすべてが欲しかった。

恥ずかしいけれど、自分の隅々《すみずみ》まで触れてほしかった。宰川ならば、……宰川だからこそ。

両手を伸《の》ばし、自ら宰川に抱《だ》きつく。ほとんど力を込めていないが、宰川はすぐに上から降りてきて、志月を抱きしめ返してくれた。

「宰川さん……」

「ああ。可愛がってやるよ。普通がいいんだったっけ？」

志月はふるりと首を振《ふ》った。

「宰川さんがしたいようにしてください。……僕はそれがいい」

宰川の唇が、再び志月のそれを奪う。そして、

「いい誘《さそ》い文句だ」

そう言って本格的に、志月の肌を辿りはじめた。


「やっぱり服で隠《かく》れている場所はもっと肌理《きめ》が細かくて、触《さわ》り心地《ごこち》が抜群《ばつぐん》だな」

以前確かそんなことを言っていた。返事をすることもできず、志月はただ熱い吐息《といき》を零《こぼ》して、己の今の状態を宰川に伝えた。

「ここ、好き？」

胸の先端《せんたん》に、宰川は少ししつこいと思うくらい何度も触れてくる。指先で突《つつ》かれ、くるりと辿られ、きゅっと摘《つ》ままれて、小さなそこは次第《しだい》に硬《かた》くしこっていった。

「あ、も、……そこはやめて、ください」

「どうして？」

「なんだか、痛くて。……ヒリヒリするし」

「痛いんだ。じゃあ舐めてやるよ」

「あっ」

指先の乾《かわ》いた感触から濡《ぬ》れた舌に変わり、その刺激《しげき》の違《ちが》いに乳首《ちくび》はますます尖《とが》ってゆく。

「宰川さ、……あ、あっ」

宰川の舌がどんなふうに動くかは、口の中が知っている。志月の唇と口腔内《こうこう》を余さず辿り、感じる場所を見つけるのがとても上手《うま》い。

宰川の舌によって教えられた悦《よ》い個所は、下唇《したくちびる》の輪郭《りんかく》と上顎《うわあご》だ。

先刻散々貪《むさぼ》られたのに、唇が寂《さび》しくなってきた。

「宰川さん、お願いしたいことが」

「ん？」

「あの、……、……が欲しいです」

囁いた願いに、宰川は胸元からようやく顔を浮《う》かせた。

「何が、欲しい？」

キスが、と再び囁くと、宰川は笑い、すぐさま志月の願いを叶《かな》えてくれた。

「志月はキスが好き？」

「……宰川さんの、キスが好きです」

宰川はその言葉を聞いて、再び唇を触《ふ》れ合わせた。

やわらかなタッチのバードキスから始まる。下唇に甘く歯を立てられて、ジンと心地好《よ》い痺《しび》れが唇全体に広がる。刺激を受けてやんわりと開いた唇の間から、舌が差し込まれてきた。

つい先刻胸を愛撫《あいぶ》していた舌が、志月の口中深くに侵入してくる。

舌端《ぜったん》から舌の窪《くぼ》み、舌裏と閃《ひらめ》かせながら、ときおり一番感じる上顎をちらちらと舐《ねぶ》る。与《あた》えられるばかりの口づけから、自分も宰川に返したいと、思いきって自身の舌を伸ばした。互《たが》いの舌がじゃれ合い、絡《から》み合う。ひっきりなしに溢《あふ》れる唾液《だえき》を飲み込みきれなくて、顎《あご》に透明《とうめい》なラインを作った。

長く深い口づけに志月が夢中になっていると、宰川の手がゆっくりと胸元《むなもと》に触れ、だが今度はそこに留《とど》まらずにさらに下方へと向かっていった。

「……ん、ん」

臍《へそ》から脇腹《わきばら》へするりと流れる指先の感触《かんしょく》が、その先の行為《こうい》を志月に教える。これ以上下へ行ったら……。

「んっ」

下腹部に指が触れた。

濃厚《のうこう》なキスと胸への愛撫で、刺激を蓄《たくわ》えた志月自身は、緩《ゆる》やかに成長していた。その萌《きざ》した部分を宰川の大きな掌に包み込まれ、五本の指で握《にぎ》られると、ただそれだけで志月の性器はぐん、とさらに硬さを増す。

ふ、と合わせたままの唇が、笑んだことを知った志月は、恥《は》ずかしくなって身を固くした。

「志月のここはすごく素直《すなお》だな」

「ん、そういうことは、言わないでください」

「なんで？　言葉責めは嫌《きら》いか？」

ていうか、この程度じゃ言葉責めも何もないがと宰川は笑う。

「あの、初心者なのでもう少し手加減を……」

「初心者にしては感度がいいな」

宰川は握り込んだ志月自身を、ゆっくりと擦りはじめる。その途端《とたん》志月の身体《からだ》は勢いよく跳《は》ねた。

「ん、……んっ、ぁっ」

「ホントに敏感《びんかん》だ」

宰川の低い囁《ささや》き声は、志月の官能をくすぐる。耳から忍《しの》び入る快感と、直接なされる性器への刺激に、志月は堪《こら》えきれず、身体を何度も捩《よじ》らせた。

快感を煽《あお》る宰川の手は、裏筋から括《くび》れ、先端へと絶妙《ぜつみょう》な力加減で刺激してくる。

「あ、んっ、宰川さん、宰川さ……っ」

「ああ、濡れてきた。気持ちいい？」

「ん、は、い……」

「素直だな。もっと気持ちよくなりたいよな」

「あの、……僕だけじゃなくて」

あまりの快感に薄《うす》く目を閉じていた志月は、宰川を見上げた。

「宰川さんも、気持ちよくなってください。……僕ができることがあったら、なんでも言って」

「なんでもしてくれるんだ？」

「します。……したい、です」

潤む瞳《ひとみ》でひたと見つめると、宰川は小さく息をついた。そして握りしめていた志月自身を、これまでとは違う速さで擦《こす》りはじめた。

「あ、ああっ、ぁ、んっ」

「そういう可愛《かわい》いことを言って。本当にしてもらおうか」

宰川の強い動きに存分に翻弄《ほんろう》され、さして時間をかけずに吐精を果たした。

「ああ――――っ！」

長く掠《かす》れる嬌声《きょうせい》もまた唇から溢れ、すべてを吐き出すと、志月はベッドの上に力なく横たわった。だが宰川は志月を休ませる気はまったくないようだ。すかさず志月をうつ伏《ぶ》せに転がすと、腰《こし》だけを高くする格好を取らせた。

「さ、宰川さ……」

尻《しり》が宰川の目の前という恥ずかしい格好にされて、パァッと全身に朱《しゅ》が走った。そのうえ宰川は、双丘《そうきゅう》を摑《つか》むと奥でひっそりと息づく後孔《こうこう》に、舌を押し当ててきたのだ。

びっくりして思わず背後を振り返った志月だったが、ねっとりと舐められて、思わず腰が逃《に》げた。

「逃げるな」

「あ、だって……、宰川さん……っ」

「なんでもするって言っただろう？」

「言った、けど……、あ、でも、やぁっ」

やわらかな舌が、奥処《おく》を暴こうと押し入ってくる。その堪《たま》らない感触に、全身が戦慄《おのの》くように震《ふる》えた。初めて知るその場所への刺激は、志月にまだ快感を与えない。ただそこを宰川に触られ、奥に侵入されると、自分はもう、宰川にすべてを知られてしまったのだと、羞恥《しゅうち》と、どこか愉悦《ゆえつ》めいたものを感じた。

「ん、……ん、ぁ……っ」

内で動かれて、違和感《いわかん》に眉根《まゆね》が寄る。だが志月はやめてくれとは言わなかった。

宰川は舌とともに、指をも差し入れてきた。舌よりさらに奥に進んだ指が、慎重《しんちょう》に動く。未踏《みとう》の地を探検するかのような期待に満ち、ときおり堪えきれない衝動《しょうどう》を得るのか、宰川の指は強く奥を抉《えぐ》った。

「あぁ……、あ、ぁんっ」

やがて迎《むか》える宰川自身を受け入れられるように、指は隘路《あいろ》を広げるように何度も行き来する。くの字に曲がったり、優《やさ》しい力加減で引っ掻《か》かれたり、その都度重苦しい感覚ともどかしさを志月に与えた。

ある個所に指の腹が当たった時、志月はびくりと身を震わせた。

「さ、宰川さ……」

「ああ、触《さわ》るよ」

宰川はそう言うと、それまでの指の動きを一変させた。志月が感じたところを集中して攻《せ》めはじめたのだ。

途端に今まで得たことのない強烈《きょうれつ》な快感が全身を駆《か》け巡《めぐ》る。

「やあ……っ、あ、ああっ、そこ、そんな駄目《だめ》……！」

刺激が強すぎて、辛《つら》い。辛いのに、身体は宰川の指を歓喜《かんき》し、勝手に腰が恥ずかしげもなく揺《ゆ》れる。

「可愛いな」

くす、と笑う声が聞こえてきて、嫌《いや》、と志月は首を振《ふ》った。だが宰川はさらに指を増やして中に挿入《そうにゅう》し、それまで以上に刺激《しげき》を与えてきた。

「ああ……あ、ぁあ」

声が溢れて止まらない。その声を恥ずかしがる余裕《よゆう》も、もう志月にはなかった。三本に増やされた指が中で広がる。ぐちゅ、と嫌らしい水音がして、そんな音にすら煽られた。

宰川の指が退《ひ》くなり、志月はくたくたとシーツの上に頽《くずお》れる。

まったく力が入らない。

宰川はそんな志月を仰向《あおむ》けに横たえると、そっと覗《のぞ》き込んでくる。

とろりと熱に潤《うる》む瞳で見上げ……志月はハッと瞠目《どうもく》した。

「宰川さん……」

宰川の瞳にも隠《かく》しようのない情欲が見えた。

――欲《ほっ》してもらっている。それが志月には嬉《うれ》しかった。

宰川は志月のしどけなく膝《ひざ》の開いた両脚《りょうあし》を摑むと、ぐいと大きく開かせた。その動きにも諾々《だくだく》と従った志月は、奥処に当てられた宰川の熱に、そっと吐息《といき》を零《こぼ》した。

「食うぞ。いいか？」

「……残さず全部食べてくださるなら」

宰川は笑った。その笑顔《えがお》のまま顔を近付け、キスを落としてくる。

「もちろん、全部もらうから安心してろ」

志月がうなずくなり、宰川の熱がぐっと押し入ってきた。

「あ、……ぁあっ」

先端《せんたん》の太いところをのみ込む時、チリリと痛みが走ったが、我慢《がまん》できないほどではなかった。

痛みよりも宰川に望まれ、宰川を受け入れる、この瞬間《しゅんかん》が嬉しくて堪らなかった。

羞恥はもうない。ただただ宰川が欲しい。

こんなふうに思うのは宰川だけだ。

深く深く、隙間《すきま》なく密着して、そうして宰川のすべてを感じたい。宰川にも感じてほしい。

弱くて小心者の自分だけれど、少しずつでも変わっていきたい。そして視線を上げて、どんな時にも前を向いていたい。

「分かるか？　全部挿《はい》ったのが」

宰川の熱が、志月の信じられないほど深い場所を満たしている。自分のものではない鼓動《こどう》が内側から響《ひび》いて、それが確かな喜びを志月に与《あた》えた。

「んっ、全部……？」

「そう」

「宰川さ……、全部、僕の……？」

宰川の瞳が、やわらかく眇《すが》められた。

「ああ、全部おまえのもんだよ」

嬉しくて、ふわんと微笑《ほほえ》むと、今日何度目か分からないキスが落ちてくる。

舌を絡《から》め合う濃厚《のうこう》なものではなく、唇《くちびる》の表面を軽く触《ふ》れ合わせる可愛いキスだった。それを何度も繰《く》り返し、合間に笑みを見せ、またキスをする。

志月の身体《からだ》は次第《しだい》にふんわりと綻《ほころ》び、宰川を受け入れている個所もやがて強張《こわば》りが霧散《むさん》していった。

「好き、宰川さん……」

「あんまり可愛いこと言うんじゃないよ。手加減できなくなるぞ」

「しちゃ嫌です」

本気でそう言った途端《とたん》、内に在《あ》る宰川自身が、さらに成長し、志月の狭《せま》い奥を押し広げた。

「んっ」

ずる、と退く屹立《きつりつ》の動きが、ぞっとするほど心地好《ここちよ》くて志月は宰川にしがみついた。

抱《だ》きかかえながら、宰川は少しずつ腰を前後に揺らした。退いては押し入り、先端のみを残して大きく退くと、今度は根元まで一気に押し込んだ。

ゆっくりとした動きを刻んだかと思えば、がくがくと揺すられるように激しく突《つ》かれ、志月は宰川にされるがまま翻弄された。

けれど志月は、宰川にならば何をされてもかまわなかった。はじめはきっと驚《おどろ》くだろうが、大好きな宰川のすることを、自分はなんでも受け入れてしまうだろう。

「あ、……っは、ぁ、んっ」

奥を抉りながら、宰川は志月の前にも手を伸《の》ばしてきた。握《にぎ》られた途端、じわりと蜜液《みつえき》が溢《あふ》れ、宰川の手を濡《ぬ》らす。動きと連動して指も動かされると、あまりの気持ちよさに、眼裏《まなうら》にチカチカと光が舞《ま》った。

「さ、宰川さん、あ、も、もう駄目……っ」

「志月、達《い》きたい？」

懸命《けんめい》にうなずくと、ますます宰川の手は情熱的に志月自身を煽《あお》る。

「ん――っ！」

二度目の迸《ほとばし》りが宰川の手と志月の肌《はだ》を濡らした。ぐったりと力を失う志月だったが、宰川はまだ終わらず、大きなグラインドで志月を貪《むさぼ》った。

「んっ、ん、ぁあっ」

終わった直後に強く揺さぶられるのが苦しくて、志月の眉間《みけん》がぎゅっと寄った。それでも宰川が自分の身体で快感を得ていることが嬉しくて、力の入らない両腕《りょううで》を伸ばし、宰川の背中に縋《すが》る。宰川の腕がきつく絡みつき、志月との距離《きょり》をゼロにした。

「……中、濡らしてもいい？」

耳元で囁《ささや》かれた官能的な声に、志月の頬《ほお》がサッと赤く染まる。

漸《よう》うそうと分かるほど小さくうなずいて、志月もまた宰川の耳朶《みみたぶ》に息を吹《ふ》きかけるように唇を寄せた。

「いっぱい濡らして。全部、欲しいです」

宰川の熱がさらに膨張《ぼうちょう》し、志月の内の繊細《せんさい》な襞《ひだ》を力強くかき回す。その動きに引きずられ、ガクガクと揺さぶられ、幾度《いくど》目かの挿出のあとで、奥に辿《たど》り着いた宰川の屹立が大きく膨《ふく》らんだ。次の瞬間、志月の内側を濡らす――。

「――――んん……っ！」


身体の一番奥で、宰川が弾《はじ》け、散った感触《かんしょく》に、志月はあえかな声をあげた。

宰川の懐《ふところ》深くに抱きしめられ、その腕の強さに志月はそっと息をついた。

ゆっくりと顔を上げた宰川から、甘いキスを受け取る。志月もまた自《みずか》ら舌を伸ばし、宰川の唇の感触を心ゆくまで味わった。

「宰川さん、……好き」

「あんまり可愛《かわい》くなるなよ。不安になってくる」

宰川はそう言って、紅《あか》く染まった志月の頬を、愛情深くそっとつねった。

「用意は？」

「あ、大丈夫《だいじょうぶ》です……！」

新品の靴《くつ》の履《は》き心地を確認《かくにん》していた志月は、外出を促《うなが》す宰川の声に、慌《あわ》てて顔を上げた。

その途端《とたん》唇《くちびる》を強奪《ごうだつ》されて、志月の顔はすぐに熱を上らせる。

「さ、宰川さん、あの、不意打ちはよくないと思います」

これから出掛《でか》けるというのに、とちらりと睨《にら》むように目を眇めると、宰川は軽く笑った。

「したくなったからしょうがない」

「……」

もう、と口を尖《とが》らせながらも、内心ではじたばたしている志月だった。

今日から『夜を駆《か》け抜《ぬ》けろ』の撮影《さつえい》が始まる。

あの大嘘《おおうそ》の誘拐《ゆうかい》劇の翌日、高坂が宰川邸《てい》にまでやってきて、深々と頭を下げた。

申し訳ない！　と土下座の勢いで謝られた志月は、慌てて自分も座りかけ、途端に昨夜酷使《こくし》した腰《こし》に鈍《にぶ》い痛みを感じ、思わず呻《うめ》き声をあげてしまった。

そのことで高坂に宰川との昨夜の密事がばれてしまい、大層気まずい思いをしたのだ。が、気まずかったのは志月ばかりだったようだ。ふたりの関係を知っても、高坂は、ああそうなんだとにこりと笑っただけで、ほぼノーリアクションだった。それより志月に万里役を引き受けてもらいたいと、滔々《とうとう》と言葉を継《つ》ぐ。

「や、だって脩から『志月は多分、万里役を引き受けないぞ』ってすごい不吉《ふきつ》なことを聞かされちゃってさ、こっちとしてはどうしようかって悩《なや》みに悩んだんだよ。誘拐劇はさすがにマズイかなあって思ったんだけど、まあ俺も志月くんの現在の演技力なんかを見ておきたいななんて欲もあったりしたもんだから、実行しちゃった。ごめんね」

えへ、なんて今時高校生だって言いそうもない言葉を、高坂は平気で使った。

「……もういいです」

やり方はどうであれ、結局あれがきっかけで、万里役は誰にも譲《ゆず》れないと思ったし、演技への渇望《かつぼう》を自覚したのだから。

「迷惑《めいわく》をお掛《か》けするかと思いますが、ご指導くださいますよう、お願いいたします」

そう言って頭を下げた志月に、高坂は飛びついてきた。

それから今日まで、志月は大忙《おおいそが》しだった。

高坂は衣装や小道具を、キャストにまず集めさせる。志月は万里がどんな服を着て、どんな小物を持っているか考え、それを集めるために毎日外に出た。

ようやく満足するものが揃《そろ》えられたのは、ギリギリ昨夜だったのだ。

家にいる時には台本を読み込み、宰川と読み合わせを行い、気になるところがあれば徹底的《てってい》に話すことにした。

そして今日、志月は再び役者としてカメラの前に立つ。

演じたい気持ちと竦《すく》む思い、どちらもまだ心の内にある。でもこれだけは決めていた。

どんなことがあっても、うつむかない。

「行くか？」

「はい」

隣《となり》に立つ宰川を見上げ、志月は微笑んだ。宰川もまた笑みを返してくれる。

真っ直《す》ぐ前を向いて、扉《とびら》を開ける。

宰川とともに、志月は足を踏《ふ》み出した。

そばにおいで

「送ってくださってありがとうございます」

車のドアを開ける直前、志月《しづき》はわずかに躊躇《ためら》う素振《そぶ》りを見せた。

運転席に座る宰川《さいかわ》は、その様子を気配で感じ、微《かす》かに唇に笑《え》みを乗せる。

遠慮《えんりょ》がちな眼差《まなざ》しと物言いは、出会った頃《ころ》からほとんど変わらない。唯一《ゆいいつ》の変化といえば、視線に、声に、少しだけ甘いものを孕《はら》むようになったところか。

奥ゆかしい志月が自分だけに見せる、ほんのりと甘いその表情を、宰川は気に入っていた。

ベッドをともにしてから二週間ほどが経《た》つ。だが甘い恋人《こいびと》気分を味わう間もなく映画の撮影が開始され、志月は宰川の住む洋館から自宅アパートに戻《もど》ることになった。つまり楽しい同棲《どうせい》生活は、恋人になった途端解消されてしまったのだ。

それ以降、昼夜を問わずの撮影に阻《はば》まれ、恋人らしい時間は少しも取れなかった。

肌を合わせたあとも、志月はどこまでも控《ひか》えめだ。恋人になったからといって、遠慮がなくなったり我が儘《まま》になったり、そういうところがまったくない。それが宰川からすれば少々歯痒《はがゆ》く、少しくらい……というより、思う存分甘えてもらいたかった。控えめな志月ももちろん気に入っているのだが、いつまでも一歩引いた態度を取られるのは、正直恋人として物足りないのだ。だから今夜は、撮影の終了《しゅうりょう》直後に、半ば攫《さら》うようにして志月を助手席に座らせたのだった。

助手席で何か言いたいのに口にするのを躊躇っている志月を、宰川はじっと見つめた。

志月が望むことをこちらから引き出してやってもいいが、彼の口から自分を欲しい、と言わせたかった。

黙《だま》ったままの宰川を前に、志月は意を決したのか、引き結んでいた唇《くちびる》を開いた。

「コーヒーでも飲んでいきませんか。あの、……僕の部屋で」

ちゃんと言えたご褒美《ほうび》に宰川は微笑《ほほえ》み、うなずいた。

志月が住んでいるのは、八畳間と小さなダイニングキッチンがついた1DKで、単身者向けのこれといって特徴《とくちょう》のないアパートだ。セキュリティもなく、入り口から誰でも入れる造りになっている。

「ここです」

一緒《いっしょ》に暮らしていて、志月が几帳面《きちょうめん》であることは知っていた。室内も綺麗《きれい》に整頓《せいとん》されているのだろうと想像していた宰川だったが、フローリングの八畳間に通された途端《とたん》、わずかに目を瞠《みは》った。

壁際《かべぎわ》に段ボールが幾《いく》つも置かれ、中央に置かれたハイバックローソファには洋服が堆《うずたか》く積《つ》まれ、フローリングの床《ゆか》にはあちこちに書籍《しょせき》類がタワーを作っていたのだ。

「生活感溢《あふ》れる部屋だな」

思っていたのとずいぶん違《ちが》う室内の様子に、苦笑交じりに宰川が言うと、

「こ、これは……っ」

志月が大慌《おおあわ》てで首を振《ふ》る。

「これは？」

顔を覗《のぞ》き込むと、志月の頰《ほお》にサッと朱《しゅ》の色が差した。

「あの、今度引っ越《こ》しをするんです。社長から準備ができ次第《しだい》と言われているんですけど、なかなか進まなくて。昨夜もやっていたんですが、途中《とちゅう》で今日の演技のことが気になって台本を読み直したり動きを確認《かくにん》したりしていて、それで」

志月にしては珍《めずら》しいことに、ひどく早口で一気に喋《しゃべ》る。宰川は合点がいって、なるほどとうなずいた。

俳優として再デビューを果たすことになった志月を狙《ねら》う輩《やから》はどこにでもいる。防犯設備の整っていないこのアパートに、マスコミや遠慮を知らない自称《じしょう》ファンたちが押しかけてきたらひとたまりもない。壁《かべ》伝いに登ってきて、不法侵入《しんにゅう》をしてくるような輩だっているかもしれないのだから。

「す、すみません。部屋がこんな状態だってこと、忘れていました……」

恐縮《きょうしゅく》して身を縮める志月が可愛《かわい》くて、宰川はちょい、と頬を撫《な》でた。そろりと顔を上げる志月の唇を強襲《きょうしゅう》してやると、黒く澄《す》んだ双眸《そうぼう》が大きく見開かれた。

「志月とふたりでいられるなら、場所がどこだろうと、どんな状態だろうと俺は構わないが」

「……あ」

二度目のキスは啄《ついば》むように軽《かろ》やかに。

「ふたりきり、というのが久しぶりだって、志月は気づいている？」

三度目は優《やさ》しく穏《おだ》やかに触《ふ》れる。

「がんばっている志月の邪魔《じゃま》はしたくないが、たまにはこういう時間も欲しいな」

四度目のキスは少し長く、志月のやわらかな唇を堪能《たんのう》する。

「ん、……宰川さん」

ゆるりと身体《からだ》から力が抜けてゆく志月を抱《だ》き止め、宰川は耳元で囁《ささや》いた。

「志月は、今は芝居《しばい》のことで頭がいっぱい？　それとも、少しくらいは俺のことを考えてくれている？」

低く掠《かす》れる声に感じたのか、抱きしめる志月の身体が漣《さざなみ》のように震《ふる》えた。ぎゅっと宰川のコートを摑《つか》むと、小刻みに何度も首を縦に振る。

「か、考えていました。最近の僕の頭の中は、あなたと、芝居のことしかなくて、ふたつのことばかりで。芝居のことで絶対宰川さんに迷惑掛《か》けたくないから、もっとがんばらないとって……。だけど——僕もずっとふたりきりになりたかったです」

志月の飾《かざ》らない一途《いちず》な言葉は、それなりの数の恋《こい》をしてきた宰川をして、胸が痺《しび》れるような甘美《かんび》な感覚を与《あた》える。

直後の口づけは、それまで以上に甘く、情熱的なものだった。感じる場所に触れるたびに、抱きしめる志月の口中へと舌を進ませ、緩《ゆる》く内を掻《か》き回す。初々《ういうい》しい反応に、もっと気持ちよくなれ、とばかりに志月の快《こころよ》い場所を探った。

「——宰川さん」

音声を伴《ともな》わない、息だけで宰川を呼び、うっとりと見上げてくる志月が、不意に目元を赤く染めた。

久しぶりの熱を分け合う行為《こうい》に羞恥《しゅうち》を抱いたのだろう、おずおずと距離《きょり》を取ろうとする。

「あの、コーヒー淹《い》れてきます、ね」

「このままベッドに雪崩《なだ》れ込むつもりはない？」

悪戯《いたずら》めかしてそう訊《き》いたら、目元どころか顔中見事なほど真っ赤になった。

「それは、……今すぐにですか？」

その表情と言葉があまりにも可愛かったから、今は逃《に》がしてやることにする。抱いていた背から掌《てのひら》を浮《う》かすと、ひらりと振ってみせた。

「今すぐに、と言いたいところだが、久しぶりに志月の淹れたコーヒーをもらおうか」

美味《うま》いコーヒーを飲ませてくれるだろう？　と言うと、赤い顔のまま首振り人形のようにこくこくとうなずいた。

「待っていてください。あ、宰川さん、コートを」

上着を脱《ぬ》がないままキスに興じていたことに、宰川も今気づいた。

甲斐甲斐《かいがい》しく背中に回り、コートを脱ぐ手伝いをすると、志月はハンガーにきちんと掛《か》けた。急ぎ足でキッチンへと向かう志月を微笑ましく見送った宰川は、さてどこに座ろうかとぐるりと室内を見渡《みわた》した。

オフホワイトと紺《こん》が多用された部屋は、普段《ふだん》ならば落ち着いた趣《おもむき》を見せているのだろう。入り口正面にはソファと楕円《だえん》のテーブル、右手の窓の下にはシングルベッド、足側にはテレビ、オーディオ類、ボードが並んでいる。

ソファは衣服に占領《せんりょう》されているので座れないから、ベッド上に腰《こし》を下ろすことにした。

ふと目に入ったのは、ベッドの足側にあるボードだ。

ガラス戸がついたボードは、宰川の腰辺りの高さのもので、そこに目が向いたのは、中に入っていたのがビデオやDVD類だったからだ。

志月がどんなものを好み、どんな作品を己《おのれ》の糧《かて》にしているのか興味を募《つの》らせた宰川は、ガラス戸を開けてみた。

二段になっている下の段にビデオとDVD、上の段には色の揃《そろ》えられたクリアファイルが並んでいる。また、A4サイズの冊子状のものもあり、丁寧《ていねい》にもすべてにカバーが掛けられていた。

冊子を指先で引き出し、パラリとめくったところで、宰川は目を瞠った。

それが、宰川が以前出演した映画のパンフレットだったからだ。しかも、

「ワールドプレミア用のパンフレットか、これ」

最後のページに、金字でシリアルナンバーが刻印されている。これはアメリカで行われた試写会に参加した人間だけが手に入れられるパンフレットだった。

ほかのパンフレットの中身もまた、宰川が出演した映画ばかりだ。

クリアファイルには丁寧に切り抜《ぬ》かれた宰川の雑誌の記事が、下段のビデオとDVDのタイトルを見れば、宰川が今まで出演してきた映画、ドラマ、舞台《ぶたい》がほぼ網羅《もうら》されている。

それこそ役名すらなかった端役《はやく》の映画まで。

「――――」

よくぞここまで揃えた、と感心していると、

「宰川さ……っ⁉」

聞いたこともない裏返った声で叫《さけ》ばれ、入り口に目をやると、手にコーヒーカップを持ったままポカンとその場に立ち竦《すく》んでいる志月が視界に入る。その志月の頬が徐々《じょじょ》に赤みを帯びて

ゆく様を見ているうちに、宰川の驚《おどろ》きは綺麗に払拭《ふっしょく》され、代わりになんとも言い難い幸福感が、身の内から沸々《ふつふつ》と湧《わ》いてきた。

それはかつて感じたことのない、むず痒《がゆ》くなるような感情だった。

まったく志月は、これまで宰川が知らなかった感情を教えてくれる、稀有《けう》な存在だ。

「ワールドプレミアのパンフレット、ネットオークションかなんかで手に入れた？」

悪戯めかして笑ってみせると、志月はぎくしゃくと首を振った。

「じゃあわざわざ行ったのか？　アメリカまで」

今度はこくりとうなずく。

さすがに驚いて目を瞠った宰川に、何を勘違《かんちが》いしたのか志月の顔が今度は青ざめてゆく。

「あの、ストーカーとか、そういうのではなくて、本当に宰川さんのファンだったので、どんな役でも見逃《みのが》したくなくて……！」

何に対しての言い訳なのか、というより言い訳にもならないことを早い口調で喋る志月に、宰川は噴《ふ》き出した。

「さ、宰川さ……」

「おいで、志月」

志月は身を竦ませたが、再度やわらかく名を呼ぶと、おずおずとやってきた。

楕円のテーブルにコーヒーを置いて、宰川の隣《となり》に腰を下ろしかける。その直前、手首を摑んで引っ張り、膝《ひざ》の上に乗せた。

「あ、……っ」

叫びかけた唇《くちびる》をそっと塞《ふさ》ぐ。

「志月は思っていた以上に情熱的なんだな」

意図せずとも、声に甘いものが交じる。腰を抱いて、もっとそばにおいでと引き寄せると、志月は一瞬《いっしゅん》躊躇うそぶりを見せたがすぐに力を散らし、おずおずと身を寄せてきた。

「それは宰川さんのことだけです……。あ、でも、ただ見ていられるだけで嬉《うれ》しくて、本当にストーカーのつもりじゃなくて……」

「志月だったらおっかけでもストーカーでもかまわないけど」

後頭部に手をやって引き寄せ、ちゅ、と唇を押し当てたあとで、宰川はにっこり微笑《ほほえ》む。

「だが見ているだけじゃつまらないだろう？　こういうこともできないし」

「宰川さ……」

「だから志月は俺の恋人《こいびと》でいて」

「……」

「返事は？」

志月はおずおずとうなずいた。

恋人、というポジションに慣れていない志月は初々しくて可愛《かわい》い。だが、もっと甘えて、恋人の隣にいることで得る幸福感を堪能《たんのう》させたかった。

「明日志月の撮影《さつえい》、午後からだったな」

「はい。宰川さんは……」

「夜明け直後から」

「じゃあ、今日は早く休んでください」

「その前に、志月不足を解消することにしよう」

「——僕、不足？」

首を傾《かし》げる志月に、微笑みつつうなずく。

志月には、自分が誰の恋人なのかをもっとちゃんと認識してもらおう。ファンと恋人では、ポジションがまったく違《ちが》う。だが志月はいまだに、そのふたつを混同しているように感じられる。

だからまずは身体《からだ》を籠絡《ろうらく》。次に心。

今夜一晩かけて、身体の隅々《すみずみ》にまで教え込んでやろう。宰川の恋人は自分なのだと分からせるために。分からなければ何度も、何度でも。

そんな、少々不穏《ふおん》な決意をひっそり固めながら、宰川はオフホワイトのシーツの上に恋人を押し倒《たお》した。

あとがき

ルビー文庫さんでは初めまして、日生水貴と申します。

このたびは本作をお手に取っていただき、本当にありがとうございます。

このあとがきを書いている年（二〇〇七年）は、初めましてと挨拶《あいさつ》をする幸運な機会を、何度かいただけました。毎回緊張《きんちょう》しつつ、ありがたいことだなあと思っております。

さて、今作は役者が主役の話です。俳優業、一度書いてみたかったのですよ。ものすごーく以前のことになりますが、少しだけ素人芝居《しろうとしばい》をしていた時期がありました。演じることは、楽しくて、奥が深くて（これは極《きわ》めようと思えばなんでもそうでしょうが）、とてつもなく難しいなー、と当時しみじみと思ったものです。

最近、舞台《ぶたい》、映画はおろか、テレビドラマすらあまり観《み》ていないのですけど、考えてみれば攻《せ》めの宰川は、業界の中ではまだまだ若輩者《じゃくはいもの》かな、と。八十代の方だって現役《げんえき》、という世界ですからね。受の志月の目には、完璧《かんぺき》な大人に映っているのでしょうが、まだ子供っぽい面も、実は持っているかもしれません。

あとがきも残り一ページとなりましたので、お世話になった方々へお礼を。

イラストを描《か》いていただきましたあさとえいり先生。

「宰川、絶対吸血鬼役《きゅうけつき》が似合うに違《ちが》いない……」

表紙イラストを目にした瞬間《しゅんかん》、そんな妄想《もうそう》をしてしまいました。ナチュラルに襲《おそ》って押し倒《たお》しそうな雰囲気《ふんいき》に惚《ほ》れ惚《ぼ》れしました。めちゃめちゃかっこいいです。

諾々《だくだく》と襲われてしまう美貌《びぼう》の子羊志月も、とても素敵《すてき》です。

素晴らしいイラストを、本当にありがとうございました！

担当のA澤さま、最初に連絡《れんらく》をいただいた時の驚《おどろ》きは、今でも鮮烈《せんれつ》に覚えています。いつも細やかな心配りをしていただき、ただただ感謝の気持ちでいっぱいです。

これからもご指導くださいますよう、お願いいたします。

またこの本の制作に関《かか》わってくださいました、校閲《こうえつ》やデザイナーさま方、ありがとうございました。素敵な装丁《そうてい》にしていただき、とても嬉《うれ》しかったです。

最後に読者の皆《みな》さまへ。

少しでも楽しんでいただけたらいいなあ、と心から願っております。

また次の話でもお会いできますように。

それでは。

日生水貴　拝

KADOKAWA RUBY BUNKO

綺麗《きれい》な彼《かれ》は意地悪《いじわる》で
日生水貴《ひなせみずき》

角川ルビー文庫 R117-1　14982

平成20年1月1日　初版発行

発行者——井上伸一郎
発行所——株式会社角川書店
東京都千代田区富士見2-13-3
電話/編集(03)3238-8697
〒102-8078
発売元——株式会社角川グループパブリッシング
東京都千代田区富士見2-13-3
電話/営業(03)3238-8521
〒102-8177
http://www.kadokawa.co.jp
印刷所——旭印刷　製本所——BBC
装幀者——鈴木洋介

ISBN978-4-04-453301-4　C0193　定価はカバーに明記してあります。

KADOKAWA RUBY BUNKO

角川ルビー文庫

いつも「ルビー文庫」を
ご愛読いただきありがとうございます。
今回の作品はいかがでしたか？
ぜひ、ご感想をお寄せください。

〈ファンレターのあて先〉

〒102-8078 東京都千代田区富士見2-13-3
角川書店 ルビー文庫編集部気付
「日生水貴 先生」係